ひっそり
静かに
生きていきたい

神様に同情されて異世界へ。頼みの綱はアイテムボックス

[author]

於《お》田《た》縫《ぬ》紀《き》

[illust]

さす

C T E R S

津々井《ツツイ》文乃《フミノ》

14歳。神様のはからいで異世界にやってきた少女。
アイテムボックスと自然言語理解、
二つのスキルを持っている。人間不信で、
特に男性とはまともに会話ができない。
趣味は読書。若干中二病の気がある。

◆◆◆◆◆

リディナ

14歳。フミノと行動をともに
することになった元メイドの少女。
他人との交渉や家事全般を
器用にこなす。読み書きができたり、
魔法を習った経験が
あったりと、複雑な過去を
抱えている様子。

◆◆◆◆◆

C H A R A

サブマス（役職名）

29歳。アレティウムの冒険者ギルドのサブマスター。ギルドで働く前は、魔法剣士として冒険者をやっていた。

◆◆◆◆◆

アルテア

16歳。アレティウムの街にある冒険者ギルドの受付嬢。

◆◆◆◆◆

Hissori
shizuka
ni
ikite ikitai

プロローグ　新たな天地

私はあたりを見回す。片側は岩場で崖《がけ》がそびえており、もう片側が森だった。人の気配はない。先程まであった神様の気配も。

誰もいないなら問題ない。私は他人がいると落ち着かないのだ。思考速度も八割方落ちてしまう。神様はそういった私の事情をご承知だった模様だ。だから説明を最低限にして、私を解放してくれたのだろう。

念のために記憶を確認してみる。

私は津々井《つつい》文乃《ふみの》、十四歳、明原《あけはら》中学三年一組。保健室登校で三年になってから、まだ教室へ顔を出していない。こうして転移してしまったからには、学校関係はもう意味ないけれど。

今ここにいるのは神様の仕業《しわざ》だ。見慣れない神社で雨宿りしていたら、神様がなぜか語りかけてきたのだ。

『この世界で生きにくそうだけれど、もう少しあった世界に行ってみないか』と。

対人恐怖症なのでろくな応答はできなかった。けれどさすが神様だけあって、私の思考を読み取り、いくつかのアドバイスとともに、私をここへ送ったわけだ。

向こうの世界に残してきて困るものはない。友達もいない。母は私がいないほうが楽だろう。私がいなくなった分、貰《もら》える保護費が減ることに文句をつけるかもしれないけれど。

記憶に問題はなさそうだ。なら次は持ち物の確認。持っていたデイパックを開けて中を見る。

入っているのは学校指定のタブレット、筆箱、そして先程までなかった大きな辞書サイズの本。見ると背表紙に『大事典《だいじてん》』とだけ書かれている。

これが神様が言っていた『大事典』だろう。つまり神様に出会ったことも神様が言っていたことも、おそらく全てが事実なのだと判断できる。

さて、ここはどんな場所だろう。私は周囲を見回す。森の樹木は広葉樹っぽい。葉がつやつやして厚めなのでおそらく常緑樹にちがいない。

日本でも地球でもないのだから当然だが、全く知らない木だ。しかしこの木が常緑広葉樹ということで、気候の想像はできる。

おそらく日本の西日本と同じような気候だろう。さらに言うと、葉の色や下草《したくさ》の感じから今は四月終わりから五月くらいだと思う。もしも四季があるならば。

『現地に着いたら、まずステータスを確認して、それから大事典を読んでくれ。それで必要なことは大体わかるようにしておいたから』

神様はそう言っていた。だから私は、ステータスを確認してみる。

「ステータス」

そう呟《つぶや》くと、すっと半透明な字幕が視界に出現した。

氏名：ツツイ・フミノ　14歳　女性
HP：130　MP：180　STR：63　VIT：63　DEX：63　AGI：63　INT：63
職業：なし　装備武器：なし　ATK：52　装備防具：なし　DEF：48

なるほど、これがステータスというやつか。

しかし、この数値が何を意味しているか、私はまだ知らない。

悪い値《あたい》ではないはず。ただ、詳細は大事典を読まないとわからない。

使用可能魔法系統：地2／水2／火2／風2／空2
使用可能魔法：なし
スキル：アイテムボックス（極1）／自然言語理解（5）

使用可能な魔法がないのはがっかりだ。

でも、スキルは既に使えるものが二つある。

このスキル二つのうち、アイテムボックスの方は、私が神様から付与されたものの中で最大の目玉らしい。

このスキルについてだけは、神様も『詳細は大事典を読むように』ではなく、ある程度説明をしてくれた。

『生物以外ならなんでも思い通りに収納できる能力だ。入れたものが他の収納物と混《ま》じったり汚染されたりすることはない。時間経過もない。容量はまあ、何をどれだけ入れても困ることはない、と言っておこう』

無限に入る物置だと思えばいいようだ。時間経過がないから、冷蔵庫よりも有能。食べ物を入れてもいつでも新鮮なまま。

しかし生物以外なら、という点が気になる。どんなものでも、微少な細菌などは付着している可能性が高いと思うのだ。そういったものの扱いは、どうなるのだろう。

『生物を入れようとした場合は、魔力による抵抗を受ける。魔力が充分であれば死んだ状態で収納されるし、魔力が足りなければ収納できない。どんなものでも細菌などの微生物がついている。つまり、全くの魔力消費なしで収納することは不可能だ。ただし出すことは、魔力消費なしでできる。それ以上は自分で調べたり確かめたりしてみてくれ』

だいたいこれで、把握《はあく》できたと思う。あとは神様の言う通り、実際に使って確かめるしかないだろう。

では次の行動は、大事典を読むことだ。

ただ本を読むのなら、それなりに安全な場所で読んだ方がいいだろう。本に夢中になった結果、気づいたら猛獣がガブリ、なんてなったらまずいから。

安全な場所か。

頑丈《がんじょう》なログハウスなんてものが建築できれば一番だが、今の私には技術も知識も工具もない。

ただ神様が言うことだ。できないとは思わない。

ならば、きっとここで説明のあったアイテムボックスのスキルを使うのだろう。

考えたことを試してみる。目の前の大きな樹木を見て、収納したいと念じる。さっと木が切り株になった。つまり、樹木が切られた形でアイテムボックスに収納されたわけだ。

ステータスを確認してみると、魔力が微妙に減っている。

樹木そのものの生命の分と、樹木についていた虫とか細菌や地衣類《ちいるい》などの生命の分、魔力が減ったのだろう。

ついでにアイテムボックススキルの使い方で、思いついたことを試してみる。

樹木の枝を全部払って、樹皮も剥《は》いだ状態をイメージして収納したいと念じてみた。

バサバサバサバサバサ。樹木の幹が消えて、枝だの樹皮だのが降ってくる。

「わわわっ～」

慌《あわ》てて避けつつそれでも思う。思い通りに収納するという意味が理解できたぞと。

さて、アイテムボックスの使い方はわかった。それではこのスキルでどうやって安全な居場所を作ろうか。

周囲にあるのは木の他は崖《がけ》だけ。なら穴を掘るのが簡単だろう。横穴状に土を収納すれば洞窟《どうくつ》になる。これなら簡単だし雨風をしのげる。万が一の際も入口を塞《ふさ》げば安全だ。

作る前に少し考える。ただやみくもに穴を掘るだけではなく、どういう穴にすればいいかを。

とりあえず中に水が溜《た》まってはまずい。雨が降ったときに内部に水が流れ込まないよう、入口から上向きの傾斜をつけた方がいいだろう。

形は崩れないように馬蹄形《ばていけい》がいい。

最初だから広さは最低限でいいだろう。それではやってみよう。

掘る穴の形を意識して、そして念じる。土を収納！

よし、思い通りの形の横穴が開いた。少し待ってみたが崩れる様子はない。

これで完成だ。私は崩れないか注意しながら、中へと入ってみる。

ここなら安全なはずだ。前方向さえ塞《ふさ》げば猛獣が入ってくることはない。

では、入口を塞《ふさ》げば問題ないだろうか？　大事典をゆっくり読めるだろうか？

「まだ、無理か」

そう独り言が出てしまった。そう、まだ無理だ。下が土だから座ると服が汚《よご》れる。このままでは、立ったまま読書することになってしまう。

まずは下をなんとかしよう。ピクニックシートなんてものがあれば広げるのだけれど、ないから私が調達できる材料で作る必要がある。

現在調達可能で手っ取り早いものは木だ。これを使おう。板にして敷き詰めれば、とりあえず板の間《ま》っぽくなるだろう。

最初に材料調達から。私は洞窟《どうくつ》の外に出て、付近の太そうな樹木を見繕《みつくろ》う。

「あれとこれ……余裕を持って十本くらい伐採《ばっさい》すればいいか」

方法は先程と同じで、丸太状態にして収納する。

それでは次、床板をつくろう。

収納してある丸太を出して、洞窟《どうくつ》に入る大きさに切断した状態をイメージして収納する。

これを出して、今度は丸太が板状にカットされた状態をイメージして収納する。

この繰《く》り返しでできた板を、洞窟内《どうくつない》で出して下へ敷き詰めれば、木の床が完成だ。

よし、そこそこの居心地を確保できただろう。座っても寝転んでも汚《よご》れなくて済む。

中に入って、前から猛獣などが入ってこないように、洞窟前《どうくつまえ》に丸太を積み上げる。これで一応は安全だ。

それでは、大事典を読む作業に入ろう。

神様は私に確かこう言った。

『君は会話を非常に苦手としている。代わりに本が好きなようだ。だから、ここで僕が詳細を説明するよりは、本という形にして自分で読んでもらった方が頭に入るだろう』

さすが神様だ。私のことをよくわかっている。

私は洞窟《どうくつ》入口からの光を頼りに、大事典を開いてみた。

『まずはじめに～早急に覚えるべきこと』

大事典というよりは、入門書だな。何もわからずとも、最初から読めば問題ないようにできている、この世界で生きていくための教則本。

今はこの方がありがたい。難しい知識を知る楽しみより、まずは生存することが大事だ。

『その一、まずは生活及び自衛のため、基礎的な魔法を覚えましょう』

いきなり魔法か。これは無茶苦茶楽しみだ。ぼっちゆえにこじらせた過去の記憶が蘇《よみがえ》る。

ふっ、邪気眼《じゃきがん》を持たぬ者にはわかるまい。

静まれ私の腕よ。闇なる氷よ全てを覆い尽くせ、エターナルフォースブリザード！

『この世界では「地」「水」「火」「風」「空」の五大元素が全ての基本です。全てのものはこれら五大元素、もしくは発展形、あるいは複合形で成り立っています。魔法もまた同様です。それではまず、すぐに必要となるだろう五大元素の基本魔法を覚えましょう』

いきなりエターナルフォースブリザードは無理のようだ。しかし魔法を使えるだけでもありがたい。

最初の例題付き説明は、灯火《とうか》魔法だった。火属性のレベル１の魔法で、暗いところを明るくするものだ。

ちなみに、魔法は簡単な順にレベル１、レベル２と区分されているらしい。

ちょうどこの洞窟《どうくつ》は本を読むには少し暗い。きっと神様もその辺を想定して、最初にこの魔法を載せたのだろう。

ふむふむ。魔法の要点はイメージを形成することと魔力の流れを意識することか。

手を伸ばしたり曲げたりしながら私は教本、いや大事典で魔法を学ぶことに集中する……

一時間くらい集中して読んだあと。レベル１の基本魔法を五つ覚えたところで――

「こんなものか、今は」

そう独り言を呟《つぶや》いて、そして大事典から目を離す。

灯火《とうか》魔法を解除してみる。こころなしか外が暗くなってきたように感じた。だから入口に積み上げた丸太を収納して、洞窟《どうくつ》の外へ。

空が赤みを帯びはじめていた。もう夕方、つまりまもなく夜が訪れてしまう。

そろそろお腹が空《す》いてきた。もちろん食料なんて持っていない。どうしよう。

わからないときは大事典だ。さっと目次を見ると……あるある。『食料確保の基本』なんて項目が。

『この世界で自力採取できる食料は次のようなものがあります――』

なるほど。この季節でこの場所だと、木の実などは期待薄のようだ。だから葉っぱ関係以外は、魚や獣を狩る必要がある。

そして、この付近で出会える獲物というと、鳥類、山鼠《やまねずみ》、栗鼠《りす》、蛇《へび》、鼬《いたち》、鹿、カモシカ、猪《いのしし》、山猫、狼、熊……あとは、それらが魔素を取り込んで魔獣に進化したものと、魔素が凝集《ぎょうしゅう》して形成されたオークなどの魔物。

魔素とは、魔法を使うために必要な魔力の素《もと》となる微粒子で、この世界の空気中や水中に存在しているらしい。

魔物と言えば、定番のゴブリンもいるようだ。だが、肉が少ない上に、臭くて不味《まず》くて食えたものではないらしい。少なくとも大事典にはそう記載されている。

それを知っているということは、神様はゴブリンを食べたことがあるのだろうか。それとも、神様だからそんなことをしなくてもわかるのだろうか。

そんな疑問はともかくとして、今から狩れそうなのは鳥類か鼠、栗鼠の類《たぐい》だろう。もっと大物もいるらしいが、それはとりあえず後回しにしておこう。

とにかく急いで狩りだ。暗くなっても灯火《とうか》魔法で明るくはできる。しかし、間違いなく目立つだろう。獣に対しても魔物に対しても人間に対しても。

目立つのは、私の望むところではない。特に人間には会いたくない。この世界で落ち着くまでは。落ち着いても、できれば会いたくないけれど。

洞窟《どうくつ》の外で私は、覚えた監視魔法を使い、周囲の気配を探る。山鼠らしき気配を確認。気配の方へと歩き出す。

体感で三分くらい歩いた場所にある木の根元だった。私の握《にぎ》りこぶし程度の穴が開いている。監視魔法によると、この穴の中にいるようだ。

さてどうやって捕らえるか。おそらくここ以外にも出口の穴はある。水攻めをしてもその穴から逃げ出すだろう。

少しだけ考えて、そして思いつく。頭の中で順番を考えて……よし！

まずは、アイテムボックスで木を伐採《ばっさい》するイメージで収納！

これは既にやったことだから簡単だ。今回は板材にせず、切り株の上側はそのままの状態で収納する。

目の前に残ったのは、鼠さんの巣穴と切り株。この状態でもう一回アイテムボックスを発動させる。今度は土を収納だ。このときミミズだの小動物は収納しないよう強く意識する。

巣穴があった木の根元の土がばっさりとなくなり、大穴が開いた。木の根がゆっくり落ちる。

穴の下でちょろちょろする気配があった。

さて、いよいよ魔法の出番だ。

「哀れな鼠よ、我が糧《かて》となるがいい。ウォーターハザード！」

いかにもそれっぽく呪文を唱える。もちろんこの呪文に意味はない。単なる自己満足だ。しかし、そこはやっぱり様式美というやつだろう。たとえ使用したのが、実際は水属性のレベル1魔法『出《しゅっ》水《すい》』であっても。

穴の中に水が溜《た》まっていく。

おっとまだ邪魔物があった。木の根だ。アイテムボックスで収納する。これで鼠さんも隠れる場所がなくなった。

空属性のレベル1魔法『監視』で鼠さんの気配を確認する。

うん、生命反応が弱くなっている。都合十四が、順調に溺《おぼ》れているようだ。

我が糧《かて》となる命に感謝を。両手を合わせて祈りを捧げる真似《まね》をしているうちに、鼠さんたちは溺《でき》死《し》した。

「アーメン」

一応そう唱えておこう。私はキリスト教徒ではないけれど、他に手ごろな神様への言葉を知らないから。南無阿弥陀仏《なむあみだぶつ》は神様ではなく仏様だし。

さて、それでは仕上げだ。アイテムボックスに水を収納する。この際、泥《どろ》とかゴミとか生物類が混《ま》じらず水だけが収納されるよう強く意識する。

そうすると、穴の中にはゴミと死骸《しがい》が残った。

穴の中が暗いので、灯火《とうか》魔法を発動させる。外に光が広がらないように明かりの位置を低くして確認する。

……いたいた、お亡くなりになった鼠さんが。

思ったより大きいやつまでいる。家猫程度というビッグサイズが二匹、いかにも鼠さんというサイズが八匹だ。

ありがたくアイテムボックスに収納する。毛皮や肉にわけるのは洞窟《どうくつ》でやろう。

鼠を捕るために開けた穴はどうしよう。

少し考え、とりあえずそのままにしておくことにした。

大した理由はない。そろそろ暗くなってきたから。あと、面倒だったから。

では拠点に帰ろう。これら鼠さんを調理しなくてはならない。かなり腹も減ってきたし、狩りについては今日はこの辺で勘弁《かんべん》してやろう。


拠点の洞窟《どうくつ》に帰ってきた。入口に丸太を積み上げたあと、灯火《とうか》魔法を発動させて中を明るくする。

それでは夕食の料理をしよう。そう思って、鍋《なべ》も箸《はし》もスプーンも、包丁《ほうちょう》やまな板さえもないことに気づいた。

仕方ない。これもアイテムボックスで作るとしよう。

先程カットした丸太のうち短いものを洞窟内《どうくつない》に出す。出した丸太をじっと睨《にら》んで、鍋《なべ》の形をイメージして収納。

取り出すと、なんと歪《ゆが》んだ鍋《なべ》の形をした木製食器が！

歪《ゆが》んだのは、私が収納した際のイメージがうまくなかったのだろう。でもいい、使えれば。

同じ方法で深皿、浅い皿、おわん、スプーン、箸《はし》、まな板を作成。ついでに座卓も作成だ。

「匠《たくみ》が生み出した一木造《いちぼくづく》りの名作です」

なんて自分でナレーションしてみたけれど、実際は迷作の方だろう。どれも微妙に歪《ゆが》んでいるし。

でも、実用的に問題ないからいいとしよう。

作ったばかりの座卓の上に、やはり作ったばかりのまな板をのっける。さらにその上に、私のために犠牲《ぎせい》になった鼠さんのうち二番目に大きいのを出す。

こうやって見ると、鼠さんは思ったより可愛《かわい》い。少しだけ罪悪感を覚える。でも仕方ない。君の命は無駄にしないよと祈って、調理開始だ。

包丁《ほうちょう》もナイフもない以上、全てはアイテムボックスと魔法頼み。

まずは皮だけを収納と念じる。なかなかエグい状態の肉塊《にくかい》が残された。あと出血もちょっと。

血はどうしようか。少し考えて収納しておく。アイテムボックスに入れた以上、細菌もウィルスも寄生虫も死んでいるはずだ。だから食用にしても問題ないはず。塩の持ち合わせがないから、血で塩分を取る必要性が出てくることも考慮しておきたいので。

しかし今は生々しすぎる。だから、飲むのはとりあえず今は遠慮したい。

次いで内臓と目玉、脳などを収納し、いよいよ骨と肉だけが残された。

骨だけ収納と念じてみる。うまくいかない。肉と骨はくっついているがゆえに、単純に念じるだけでは分離できないようだ。仕方ない。面倒そうな首から上だけを、収納してしまおう。首ちょんぱ！

残ったのは首から下部分、大きさにして私の手のひら二つ分の肉塊《にくかい》、もちろん骨付きだ。まだ少々生々《なまなま》しいが仕方ない。作ったばかりの箸《はし》で大きめの平皿の上に置く。

生《なま》でもアイテムボックスのおかげで食中毒になることはないはずだ。とはいえ、この形のものを生《なま》で食べるのは、さすがに元現代日本人として抵抗がある。だから焼く。魔法で焼く。温度上昇の魔法で。

肉をじっと睨《にら》んで念じる。温度よ上がれ。だいたい七十度でいいかな。あまりやるとパサパサになるし。

そんなことを念じていると、肉の色が明らかに変わってきた。よしよし、いい感じだ。

最後の仕上げで表面だけ二百五十度。表面の脂肪《しぼう》部分がパリッとなった。これで完成だ。

異世界最初の食事が完成した。メニューは鼠の首から下丸焼き。

「ペルー風、異世界鼠の丸焼きです。野趣《やしゅ》たっぷりに仕上がりました」

今ひとつ食事という感じがしないので、自分でナレーションをつけてみた。なお南アメリカのペルーに鼠の丸焼き料理があるのは本当だ。ネットで見ただけで食べたことはないけれど。

今後もどうせこんな食生活が続くだろう。ここで怯《ひる》んでも意味はない。やるべきことはひとつ。鼠さんの命に感謝して、いただきます。

箸《はし》で肉をつまんでみる。一応崩せる程度のかたさだ。

そして、中から肉汁がじわっと出てくる。

うん、肉としては美味《おい》しそう。それまでの姿は忘れる方向で行こう。

それでは実食。一口食べてみた感想を、料理番組風に呟《つぶや》いてみる。

「鶏肉《とりにく》、それも胸肉に似た風味です。健康的な感じでいいですね」

食べたことはないけれど、サラダチキンとはこういう感じだろうか。でも、鶏肉《とりにく》よりは少しだけ旨味《うまみ》が濃いかな。そんな感想を抱きながらいただく。

骨が結構あるし、内臓を抜いた部分は空《から》だしで、大きさの割に可食部分は少ない。

あと本当は少し醤油《しょうゆ》が欲しい。塩味が薄いのだ。でも悪い味ではない、多分。

骨のせいで食べるのに結構時間がかかる。しかし急いで食べる必要はない。だからゆっくりと食べる。骨に肉が残らないよう、食べられる部分は全部食べるつもりで。

この時間のかけ方だけは、異世界に来る前よりは優雅だ。家でも学校給食でも、他人が動き出す前にさっさと詰め込んでいたから。そうしないと実害のある環境だったし。

それにくらべれば充分に優雅だ。見た目は原始人だけれども。

軟骨《なんこつ》も骨にこびりついた肉も全て完全に食べてごちそうさま。

うん、腹もほどよく膨《ふく》れた。

片づけは深く考えなくていい。ゴミとそれ以外を意識して収納すれば済む。

さて、それでは寝るか。そう思って、また気づいてしまった。布団もなければ寝袋もない。あるのは作ったばかりの板の床だけ。学校指定デイパックが枕になるかな……ならないな、やっぱり。

少し考えたが、解決策は思いつかない。

今の環境でも、巨大な箱に草や木の葉を敷き詰めてクッションにすることくらいはできるだろう。

しかし、もう外は暗い。やるなら昼間だ。

仕方ない。今日はここのまま横になろう。下がかたいし掛け布団どころか、毛布もないけれど。

寒いので魔法で気温を上げて……と。うん、これで少しマシになったかな。

灯火《とうか》魔法を解除する。急に真っ暗になった。木々を揺《ゆ》する風の音が妙に大きく聞こえる。原始の不安とでもいうような感覚が私を襲う。

大丈夫、この中に危険な大物は入ってこない。

無茶苦茶重い丸太を何本も積んで、入口を塞《ふさ》いでいるのだ。入れるのは子鼠程度まで。

だから問題ない。きっと問題ない。そう思っても不安は消えない。おまけに寝にくい。

でも寝なきゃ明日が辛《つら》いだろう。寝なきゃ。寝なきゃ……

かなり頑張《がんば》ったつもりだが、やはり眠れない。

仕方ない。どうしようもなく眠くなるまで、大事典を読んでいよう。私は再び灯火《とうか》魔法を発動させた。

異世界原始人生活も十日くらい続けていると慣れてくる。

洞窟《どうくつ》の入口は引き戸もどきになった。

引き戸なのは、実用に値《あたい》する蝶番《ちょうつがい》を作れなかったからだ。何回か試してみたが、木製では数度の使用で壊れてしまう。

だから引き戸に方針を変更した。これはなんとか作れたから。

ただ、木枠の組み合わせ方法や戸部分のサイズ調整が難しかった。結果、大量に出た失敗作は加工しなおして床材に転用している。

トイレも風呂も作った。

トイレは専用の横穴を掘って部屋を作り、そこにボットン用の穴を掘ってその上に板を渡しただけ。

しかし、ボットン部分の穴は深くしたし、中に臭い消し用の葉っぱも敷いた。

換気用の横穴も三カ所開けてある。

なので私一人で使う分には臭わない。

風呂も部屋と浴槽《よくそう》だけだ。洗い場は今のところなし。

こちらはかなり手間取った。

浴槽《よくそう》は木で作るつもりだった。でも、浴槽《よくそう》を丸ごと作れるような巨大な樹木が付近になかった。

板や角材を組んで水が漏《も》れないような構造を作るのは不可能だ。私には知識も工具もない。

考えた末、土で作ることにした。土を成形して浴槽《よくそう》を作り、魔法で乾燥させて、さらに魔法を使い素焼き状態にする。そこに釉薬《ゆうやく》を塗って、高温で表面処理するという方法だ。

釉薬《ゆうやく》は、草の灰を水で溶いたもので代用可能と、ネットで見た覚えがある。だから、そこら辺のススキっぽい草を集めて焼いて作った。

この浴槽《よくそう》は私がゆったり横になって足を伸ばせるサイズになっている。

頭を浴槽《よくそう》の片側につけ、肘《ひじ》を浴槽《よくそう》の両側に置いて身体を思い切り伸ばせば、もう最高。

「草津《くさつ》よいとこ一度は～♪」

鼻歌が出てしまうくらいの気持ちよさだ。

寝場所だって少しましになった。木の板で作った大きな箱に、少し離れたところにあった草原の草を乾燥《かんそう》させて敷き詰めて作った藁《わら》の寝床だ。

できれば、布団やシーツで寝たいが、所持している布は服とハンカチだけ。そして布を作る方法は思いつかない。

だから、現状はこれで我慢するしかない。これでも、木の床よりは遥《はる》かにましだし。

食料は充分に確保した。雨で外出できない日が十日くらい続いても大丈夫なくらいには。

植物は、食べられる草とか、吸うと蜜《みつ》の味がする花などを確保している。キイチゴっぽいのも採《と》りまくった。

大事典で見て一度覚えたら、あとは見つけて収納すればいいだけ。収納すればいつまでも新鮮だし、虫なんかがついていても死ぬし。

肉は、当分食べ切れないほどのストックがある。

この世界に来て三日目の昼過ぎ、鹿二頭が歩いているのを発見した。すぐに鹿の足元の土を三メートルくらい収納して穴を開け、鹿が下に落ちた直後に上から土をかぶせて埋《う》める。窒息死《ちっそくし》したら上にかぶせた土を収納して取り除いて、埋《う》まっている鹿を別に収納しなおす。

これで肉を含む鹿二頭をまるごと確保だ。

二頭の鹿は解体済み。肉は食べまくったけれど、まだ私の体重分くらい残っている。内臓は猛獣狩りの餌《えさ》として活用した。骨は今のところ用途がなく収納したままだ。毛皮は現在、頑張《がんば》ってなめしている。

こんな感じで衣食住の最低限が揃《そろ》いはじめた。そうなると欲も出てくる。ご飯やパンを食べたいとか、調味料が欲しいとか、服の替えが欲しいとか。布団も欲しいとか、ナイフとか包丁《ほうちょう》とか鍋《なべ》とかも欲しいなとか。

ただその辺を入手するには、人里に出なければならない。でも人に会うのは怖い。言葉は一応通じるはず。しかし私は極度の対人恐怖症。相手が女性でも怖い。男性の大人なんて前にしたらダッシュで逃げてしまう。いや、しゃがみ込んで動けなくなるだろうか。それくらい私は他人が苦手だった。

この辺はいわゆるＰＴＳＤというやつだ。魔法で治療《ちりょう》できないか大事典で調べたが、無理なようだ。だが、治療《ちりょう》できなくともなんとかできる可能性がある。恐怖滅却という魔法が大事典にあった。これを発動中は恐怖を感じないで済むそうだ。

しかし練習したのだが、習得できていなかった。

実際に恐怖して、それを克服しようと強く念じる機会がなければ無理のようだ。夜が怖い程度の恐怖では足りないらしい。

そんな恐怖なんて味わいたくない。

これは、私じゃなくても同じだと思う。結果、習得できていないままだ。

そんなわけで、人里に出る計画はずるずると延期している。

早く行った方がいいのはわかっているのだけれども。

第一話　服が破れそう

この世界に来てかなり経った気がする。

一応壁に毎日マーキングしている。でも数えてはいない。だから何日か正確には不明だけれども、一ヶ月くらいだろうか。

そして私は決意した。

「明日こそは、街か村を探しに行くぞ」

風呂でゆったりお湯に浸《つ》かりながら、そう口に出して宣言する。

ただ、ひょっとしたら、街も村も遠くてたどり着けないかもしれない。だから追加でこう宣言。

「せめて街や村へ出る手がかりくらいは掴《つか》むぞ」

決意した理由は単純で、ブラウスがそろそろ破けそうだからだ。

大事典によると、この世界は原始時代ではない。服はそれなりに普及している。

だから、もし唯一の服が古びて破けて半裸状態になってしまったら、私は二度と人里へと行くことができないだろう。物理的にではなく精神的に。

ゆえに、絶対に数日中に人里へ行く必要がある。

一応人里に出て、貨幣なんかと交換できそうなものは、ある程度溜《た》めている。

例えば魔獣の死骸《しがい》だ。

現在大物としては灰色魔狼《まろう》十匹、白魔狼二匹、魔猪《まちょ》三匹、魔熊《まゆう》一匹を収納している。

穴に落として埋《う》めたり、そのまま土をかぶせて埋《う》めたりして倒したものだ。

魔物も倒している。ゴブリン十五匹、アークゴブリン一匹。

どれも穴に落としたあと、火魔法でこんがり焼いて倒して、魔石を取り出した。

魔石を取り出したのは、倒した証拠になるからだ。大事典にはそう書いてあった。

魔石とは魔物や魔獣の体内にある魔素の結晶で、魔物や魔獣の力の源らしい。色や形が魔物や魔獣の種類や成長によって異なるため、これがあれば倒した魔物や魔獣の種類がわかるそうだ。

こういった魔物や魔獣、害獣関係は、冒険者ギルドへ持っていくと買い取ってくれるらしい。

これも、大事典に書いてあった知識だ。

ついでに冒険者登録をしておけば、身分証明書も発行してくれる。これがあると、どこの街でも概《おおむ》ね入ることができるそうだ。

ただ問題は、冒険者ギルドなどという怖そうな人が多いであろう場所へ、私が行くことができるか。この対人恐怖症の私が。

とはいえ、うまく行けばこのときの恐怖で、恐怖滅却魔法を習得できるかもしれない。そうすればもう、この世界でもある程度はなんとかなるだろう。

採取した薬草類もかなりある。これは、冒険者ギルドだけでなく、商業ギルドでも買い取りをしてくれるらしい。

冒険者ギルドより商業ギルドの方が少しは怖くなさそうな気がする。あくまで雰囲気《ふんいき》だけれど。

でも、大人の男の人が出てきたなら、どちらも同じかな。

やはり、恐怖滅却魔法が習得できることを期待しないと、無理な気もする。

しかし、無理だ無理だとあまり引き延ばしているわけにもいかない。

だから明日から段階を踏んで挑戦だ。

まずは道を探すところまで。次に街や村を見つけるところまで。そして近づいて、そして……

ああ怖い、怖すぎる。きっと入口には衛兵が立っているだろう。怖そうな男性の衛兵が。

もうそれだけで近づけない自信がある。

でも行かないと服が破れる。

人前に出られる服がなくなったら、二度と人里へ近づくことができない。

ああ怖い、怖すぎる。

だがこの程度の怖さでは、恐怖滅却魔法は習得できないようだ。なので仕方ない。

明日から少しずつ頑張《がんば》ろう。その過程で恐怖滅却魔法を習得することを期待して。

よし、怖いことを考えるのは終わりだ。あとは風呂を楽しもう。

私はゆっくり足を伸ばす。

この洞窟《どうくつ》拠点で一番快適なのがここ浴槽《よくそう》の中。これだけは前の世界でもなかったほど快適だ……


翌朝、いやいやながら私は拠点を出る。

今までの所持品は板だの土だの含め、全てアイテムボックスに入れておいた。

しかしギルドでものを出す際、何もない場所から出したら、アイテムボックス持ちとバレてしまう。

アイテムボックス持ちはかなり貴重な存在らしい。攫《さら》われる可能性もある。

だから学校指定のデイパックも持っていく。何か出すときは、これから出すそぶりをする。

アイテムボックスのスキルと似たもので、自在袋《じざいぶくろ》という道具があるらしい。

この自在袋は、高価ながらある程度流通している。機能はほぼ同じで、違いは容量制限があることと、アイテムボックスほど思いのままの形で自由に収納できないことだけ。

なので、このデイパックを自在袋ということにすれば、色々取り出しても怪しく思われないだろう。

さて、どちら方面に向かえばいいだろう。

空属性のレベル2魔法、偵察を発動させる。これは、監視の上位魔法で、違いは視点をある程度自由に動かせることだ。

動かせる範囲は概《おおむ》ね、半径百メートル、この世界の単位では五十腕《わん》以内の範囲で、地上だろうと空中だろうと地中であろうとも視点を移動させることができる。

なお『腕』とはこの世界の長さの単位だ。『成人男性が両腕を思い切り広げた長さ』と大事典には書いてあった。それにしては長い気がするけれど、単位なのだから深く考えても仕方ないだろう。

今は視点を思い切り高くして地上を見る。前後左右じっくり見る。

おっと、かなり先だけれどもこれは。

「道らしいもの、発見！」

道なら通行中の他人に出会う可能性がある。正直怖い。とりあえず道が発見できたから、今日の課題は終了ということにしたい。拠点に帰るとか狩りとか、他人と出会わない作業をしたい。

しかし、まだ外に出たばかりだ。そしてブラウスはかなり危険な状態で、布が薄くなった場所が何ヶ所もある。もう限界、一刻も早く替えの服の購入が望まれる事態だ。

仕方ない。私は道の方向へゆっくりと歩きはじめる。

ふと思い出した。

最後に人が通る道路を歩いたのは前の世界、それもこの世界に来る直前だった。

学校帰り、急な雨に降られて走った道路。その途中で今まで意識していなかった神社を見つけ、雨宿りをさせてもらおうと思って、境内《けいだい》に入ったんだった。

雨宿りをする前に一応ということでお参りをする。二礼二拍手して、お金はなかったのでお賽銭《さいせん》はなしで、『どうかもう少し幸せにしてください』と祈ったあと一礼した。

その結果、神様にあの頃の環境を同情され、この世界にやってきたのだ。

そんなことを思い出しながらも、空属性魔法の監視を使って、常に魔物や魔獣、猛獣の気配に注意している。

この辺はかなり慣れてきた。今では森の中でも五十腕《百メートル》先でも発見できる。

今のところ残念ながら私の進路に障害はない。

行きたくないと思いつつも、一歩ずつ進んでしまう。


歩くこと半時間（三十分）程度。私はついに道路に出てしまった。

石と焼き土で舗装《ほそう》された赤っぽい色の道路だ。幅は二腕《四メートル》くらいだろうか。

路肩部分は雑草に浸食されているし、路面も少し荒れ気味で、整備状況は今ひとつだ。

さてこの道は、右と左どちらが正解だろう。人がいない方……ではなく、街の近い方はどちらか。

偵察を使おうか、そう思ったときだった。監視の魔法が何かを捉えた。

そこそこ速く動く人間五人と二頭の大型動物の反応——馬車のようだ。

もう遭遇《そうぐう》か。しかしまだ私の心の準備ができていない。

そのとき、馬車の後方からついてきている他の気配にも気づいた。

こちらはもう何度も遭遇《そうぐう》して知っている気配だ。

魔狼だ。白魔狼二匹と灰色魔狼十二匹、そこそこの大きさの群れだ。

馬車は魔狼の群れから逃げているようだ。

しかし今の私なら問題ない。魔狼はアイテムボックスで何度も倒している。

助けるか。助ければ友好的に接してくれるかもしれない。うまく行けば、こちらが会話できずともなんとかしてくれるかもしれない。そんな期待がわいてくる。

でも向こうが全員男性だったらどうしよう。

絶対逃げたくなる。向こうから見た私の挙動不審率は百パーセントだ。

なんとかなるだろうか。土壇場《どたんば》で恐怖滅却魔法が習得できるだろうか。

それさえ修得できれば、ある程度はなんとかなると信じたい。一応イメトレは何回もやっているし。

音が聞こえる距離まで近づいてきた。

「とにかく魔狼を退治しよう」

口に出して、自分の頭を切り替える。馬車や馬車に乗っている人間はとりあえず意識の外へ置いて、魔狼退治に集中する。

馬車と魔狼の間はそこそこある。私のところに来るまでに、馬車が魔狼に追いつかれることはない。

馬車が私のそばを通りすぎると同時に巨大な穴を作ってしまおう。

土を収納する範囲をある程度目測で決めておく。この方法で既に何匹もの魔獣を屠《ほふ》ってきた。もはや慣れた作業だ。

さあ馬車よ、通りすぎろ！　そのまま去れ！　そうすれば話をしないで済むから楽でいい。

しかし立ち止まってくれた方が今後のためになるのは確かだ。破れそうなブラウスの代替はもはや喫緊《きっきん》の課題だから。

それでも、他人と話をするなんて想像するだけで怖い、怖すぎる。

そんなことを考えつつ、私は待ち構える。

馬車が近づいてきた。もう目視で確認できる。二頭立ての箱型馬車だ。御者《ぎょしゃ》は大人の男の人。

見た瞬間、心臓がぎゅっと縮む感覚。怖い。

しゃがみ込みそうになるのをなんとか堪《た》える。これでは会話するのは無理だ。

馬車は私の横を通りすぎる。これで会話しなくていい、そう思った瞬間——

馬車の後ろの扉から、何かがどさっと投げ落とされた。私の後方二腕《四メートル》くらいのところへ転がる。

なんだあれは。魔法では人の反応だけれども、確かめないと。

しかし魔狼が迫っている。まずはこちらの退治が先だ。

前方の道路を舗装《ほそう》部分ごと収納する。道路いっぱいの巨大な穴が開いた。先頭の魔狼が対処できず突っ込む。

そのまま五匹ほど穴の底に落下するが、それ以外はなんとか踏みとどまった。

残念。そう思いつつ、落ちた五匹は別の土をかぶせて動けなくしておく。

次は踏みとどまった狼たちの下の道路を舗装《ほそう》ごと収納する。

三匹落下した。だが残りはさっと向こう側に引き返す。

なら、さらに収納して退治だ。そう思ったものの、狼の残りは左側の森へ入ってしまう。どうやら、いつもの魔狼より数段頭がいいし、統率もとれているようだ。

森からこちらに来られると面倒だ。森の木よりも深く穴を穿《うが》つしかないだろうが、それは土の量が莫大《ばくだい》になる。土に含まれる微生物の量とかも馬鹿にならない。

私の魔力が思い切り消費されてしまうので、それは避けたい。

しかし、魔狼の群れは私の方へ近づかなかった。監視で見ると迂回《うかい》している。

どうやら、私との勝負は避けるつもりのようだ。

ならいい。それに気になることがある。

私は回れ右をして、馬車から放り出された何かを確認する。

監視の魔法では人間の反応だ。しかも生きている。近づくどころか見るのも怖い。心臓が痛い。

でも、見ないとどういう状況かわからない。おそるおそるそちらを見る。

人間だ。サイズと服装的に子供か女の子だろう。頭に袋をかぶせられ、ぐるぐる巻きに縛《しば》られている。横倒しになっていて動く様子はない。怪我《けが》をしているのか出血もしている。

ステータスを確認してみた。職業はメイド（見習い）で、盗賊でも詐欺師《さぎし》でも、その他犯罪者でもない。

助けて危険な目に遭《あ》うことも、害になることもなさそうだ。なら助けなくては。

出血しているし、急いだ方がいい。怖いけれど勇気を振り絞《しぼ》る。まずは怪我《けが》の治療《ちりょう》だ。

水属性のレベル2魔法、治療《ちりょう》を発動させる。レベルが低い魔法だから外傷の治療《ちりょう》程度しかできないけれど、かけないよりはずっとましだろう。

効いた。出血が止まったようだ。

ヒヒヒヒーン！　ヒヒッ！

遠くで何か聞こえた。馬のいななきだろうか。監視を使って確認する。

どうやら、迂回《うかい》した魔狼が先程の馬車を襲ったらしい。

助けに行こうかと一瞬考える。でも、もう間に合わない。私は移動系の魔法を持っていないのだ。

だいたい、私には近接戦闘の能力もない。つまり、近づいて戦うのは無理だ。

残念ながら、あちらは諦《あきら》めるしかないだろう。だから、対処するべきはこちらの女の子の方だ。

怖くて仕方ないが、一歩ずつ近づく。それから火の魔法で縛《しば》っていた縄《なわ》を焼き切る。袋も口部分が首に引っかかるよう結んであったので、焼き切って外す。

顔が見えた。確かに女の子だ。

しかし顔が見えたことで、思わず私は凍《こお》りついてしまう。

怖い、動けない。大丈夫だと必死に思うのだが、怖さで思考が塗りつぶされていく。

駄目《だめ》か、これでは……

そのときだった。ふっと恐怖が少しだけ遠のいた。

なんだろう。とっさにステータスを確認する。

スキルに恐怖耐性（１）が追加されていた。恐怖滅却魔法ではない。

それでもありがたい。これなら、なんとかなるかもしれないから。

彼女は動かない。落ちたときに頭を打ってしまったのだろうか。

恐怖耐性（１）の余裕で、今度は彼女のステータスを詳細に確認する。

麻痺《まひ》状態となっていた。この程度の麻痺《まひ》なら私の習得済みの魔法で治療《ちりょう》が可能だ。

水属性のレベル２、障害除去を発動させる。よし、麻痺《まひ》が消えた。他に異常はない。大丈夫そうだ。

さて、今度はどうだ。彼女の方を見る。ゆっくり目を開けた。周囲を見回し、そして私の方を見る。

やばい、怖い。心臓が悲鳴を上げる。とっさに二歩下がってしまった。恐怖耐性（1）のスキルも、この辺で限界のようだ。

彼女はゆっくり立ち上がり、もう一度あたりを見回し、また私の方を向いた。口が開かれる。

「魔狼は退治されたのでしょうか」

視線と声にさらに二歩下がってしまう。膝《ひざ》が震える。でも、しゃがみ込むのはなんとか我慢する。

彼女の問いに、とりあえず頷《うなず》く。

「縄《なわ》や袋を解いたり麻痺《まひ》をなおしてくれたりしたのも、あなたですか」

今度はなんとか後退せずに頷《うなず》いた。頑張《がんば》れ自分。

以前は、相手が女の子なら会話できた。保健室の養護教諭相手とも会話した。女性店員相手なら、無言だけれどコンビニで買い物もできた。だからこのくらいは大丈夫なはずだ。

「ありがとうございます。おかげで助かりました」

「怪我《けが》、大丈夫？」

なんとか言えた。偉いぞ私。

「ええ、大丈夫です。さすがに麻痺《まひ》魔法をかけられたときは、もう駄目《だめ》かと思いましたけれど」

麻痺《まひ》魔法をかけられた？　意味が分からない。

「どういう、こと？」

「魔狼に襲われて、このままでは逃げられない状況だったんです。だから、馬車に乗っていた連中

は私をおとりにして、自分たちは助かろうとしたんです。ここに落としたのは、あなたも一緒に魔狼のおとりとして使うつもりだったから。あなたが強かったので、なんとか助かりましたけれど。いくらなんでも酷すぎます。戻ったら、文句を言ってやろうと思ってます」

なるほど、そういうことか。ようやく私は一連の状況を理解した。

なお、馬車の方は既に人と馬の反応がない。魔狼に襲われて全滅だ。

しかし、私もあの馬車を助けられなかったという罪悪感を抱かなくていいようだ。

向こうは私も犠牲《ぎせい》にして助かろうとしたのだから、むしろざまあみろと思わないでもない。

ただこの子には、馬車側が全滅した事実を告げる必要があるだろう。

恐怖に必死に耐えつつ、私は口を動かす。

「文句を言うの、無理」

「なんで？」

そう聞かれて、また私は一歩下がってしまう。

でも大丈夫、相手は私よりやや年下くらいの女の子だ。これくらいの距離があれば大丈夫、そう大丈夫。自分に言い聞かせる。

「馬車、ここから逃げた魔狼に襲われた。もう反応がない。死んでる」

「えっ、そうなの？　どの辺？」

「ここから二百腕《四百メートル》くらい先」

「なら行かなきゃ。あの馬車には、私の私物もあるんです」

すぐにでも行きそうな勢いだが、向こうの状況を考えるとまだまだ行くべきではない。

「魔狼がいる。行くならもう少しあと」

魔狼の反応はまだ六匹とも残っている。おそらく馬や人間の死骸《しがい》を食べているのだろう。

「そうですか。わかりました」

一度深呼吸して私自身を落ち着かせる。そして言い聞かせる。この子相手なら、なんとか話せる。

私よりやや年下くらいだし。

馬車から突き落とされた被害者というのも、私の心証的にプラス材料だ。

ただこの子、少し感情が出やすそうだ。その辺がちょっと苦手だと感じる。

さて、それでは私の本来の目的について、彼女に聞いてみよう。

「町は、あっち?」

馬車が走り去った方を指さして尋《たず》ねる。

「うん、そう、アレティウムの街。馬車だと三分の一時間《二十分》程度。歩いても一時間あれば着きます。そう言えばまだ、助けてもらったのに名前を聞いていないですね。私はリディナ。ラベルゴ家でメイドをしていました。でもこれじゃ、またお仕事を探さないとならないです」

自分の名前を名乗るのは、相手の名前を聞きたいということだ。以前日本にいた頃、何かの本で読んだ気がする。この世界でもきっと同じだろう。

なら、私も名乗らないと。頭の中でどう言えばいいか考えて、動きにくい口を動かす。

「フミノ。狩人で旅行中」

名乗るのは名前だけだ。

名字があるのは、この世界では貴族以上だけ。そう大事典に書いてあったから。

「見たことがない服装だけれど、フミノさんって魔法使いですか？」

確かに、日本の制服はこの世界では見慣れないだろう。

でもちょうどいい。一応、魔法は使えるし。だから私は頷《うなず》く。

「なら、貴族か貴族家の出身ですか？」

なぜそう思うのだろう。私の恰好《かっこう》が変わっているからだろうか。

左右に首を振って否定しておく。この動作は日本と共通だと大事典に書いてあった。

「そうなんですか。あと、ちょっと関係ないけれど、この街道の穴、フミノさんの魔法ですよね？　魔狼を倒すためにやったのはわかります。でも道路の損壊はかなり重い罪です。牢屋《ろうや》行きか、下手すれば鉱山送りになります。逃げるなら早く逃げた方がいいです。私は助けてもらったし、何も言いませんから」

そうだ。魔狼を埋《う》めたあと、まだそのままにしていた。

恐怖を振り払いつつ、会話に集中していたからだけれども。他の通行人のためにもそろそろ戻しておこう。

「問題ない」

まずは穴の底にいる魔狼の状況を監視の魔法で確認する。埋《う》まっている八匹は全て息絶えていた。

なら、お片づけだ。魔狼にかぶせた土を収納する。次に、あらわになった魔狼の死骸《しがい》を収納。最後に舗装《ほそう》道路を戻してやれば完成だ。

もちろん、これだと道路に多少の段差ができてしまう。でもそこは地の基本魔法の踏み固めを使って誤魔化《ごまか》してしまえば問題ない。

元々この道は結構荒れていた。だからこれで問題ないだろう。

よし、灰色魔狼のストックが八匹分増えた。これで収入もアップだ。

「凄《すご》い……地の魔法ですか、今のって」

リディナが驚いている。本当はほとんどがアイテムボックスだ。

でも、その方が面倒がなくていい。だから今はそういうことにしておこう。

私は曖昧《あいまい》に頷《うなず》く。

「ところで、フミノさんもアレティウムの街に行くんですか？」

どうしよう。方向も距離もわかったし、今日の収穫は充分だろう。だから、もう帰ってお休みしたいというのが本音だ。街も人も怖い。

しかし考えてみれば、今こそ絶好の機会だ。私がなんとか話せる相手がいて、一緒に街に行くことができるという。

これを逃したら、こんなチャンスはまず来ない。

あと服を早く買いたい。できれば他のものも。パンとか調味料とかナイフとか生活用具一式とか。

だから私は頷《うなず》く。頷《うなず》いてしまう。

「なら、私でも道と街の案内くらいはできるかな。その代わり、お願いがあります。審判庁に一緒に出頭してほしいんです。今回の事案について証言するので一緒に。そうしないと、今回の件が私のせいにされてしまう可能性がないわけでもないんです」

この子、なかなかしっかりしているな。とんでもない事態があったすぐあとなのに。

でも駄目《だめ》だ。審判庁とやらで大人の男性と同室にいるような状況なんて、想像するだけで怖いから。我慢できるとは思えない。

ただ本音としては、この子のお願いを聞いてやりたい。

言っていることはわかるし、気持ちも行動も理解できる。悪くないのに、むしろ被害者なのに、この子のせいになるのは避けたい。だから、少しだけ考えさせてもらおう。もう少しだけ。

ちょうどいい理由も今、できたから。

「魔狼が去りかけている。ゆっくり行けば大丈夫」

馬車のところまでは同行しよう。そして考えよう。なんとかなるのか、ならないのかを。

「一緒に行ってくれますか？」

とりあえず街までは。そういう意味で私は頷《うなず》いた。

魔狼は既に森へと去った。それを確認して現場に近づく。

偵察魔法で確認していた通り、人も馬も全滅だ。

馬車は路上に横倒しだった。馬がついていたはずの場所には皮とたてがみ、骨と赤い血が滴《したた》る何かだけが残っている。

馬車からも血が滴《したた》っていた。中は血みどろということだろう。幌《ほろ》の内部をのぞこうとするだけでも血で汚《よご》れそうだ。

もっとも、中から使えるものを漁《あさ》ろうとかは思っていない。

所有者の明確なものを持っていくと、ステータスに『盗賊』や『盗人』とついてしまう。

これは、今のように持ち主が死んでいても同様だ。相続人なり債権者なりのものとみなされるから。

ステータスにそんなのがつくと、この世界では不便だ。まともな職業につけないだけではない。大きな街などの検問すら通れなくなる。

そう大事典には書いてあった。だから私は手を出さない。

それにしても私、このような場面でも落ち着いているなと思う。人間のリアルな死を目の前にしているのに。

恐怖とか嫌悪といった強い感情を抱かない。魔獣を解体するから、血そのものは見慣れている。それ以上ではないという感じだ。

先程の話を聞いて、罪悪感を抱かないで済む対象になっているというのも理由だろう。

それに、死んだ人間は悪さをしない。生きた人間よりよっぽど安全だ。だから私の対人恐怖症は正しい。いや違うか。

状況を見るに、馬車の人間からの攻撃は通じなかったようだ。

魔狼は私との戦いで六四まで減っていた。リディナに麻痺《まひ》魔法をかけるくらいだから、魔法使いもいただろう。

ただ、六匹の中には上位種の白魔狼が二匹いた。それに馬車にたどり着いたのは、私の開けた穴に落ちずに済んだやつ。いわば強者の魔狼ばかりだった。だから抗《あらが》えなかったのかもしれない。

リディナは横倒しになった馬車の幌《ほろ》の中へ、よいしょと入っていった。

しばらくごそごそしたあと、小さい背負い袋を持って出てくる。どうやら、それがリディナの私物のようだ。

「ちょっと血がついちゃいましたね。あとで洗えば取れるかな」

この子もタフだなあと感心する。さっきまで一緒だった人間が死んでいるのに。そう思ったが、すぐに考え直した。

麻《ま》痺《ひ》状態にして魔狼の餌《えさ》として放り出すような連中だ。どうせ勤務環境もあまりよくなかったのだろう。ざまあみろくらいに思っているかもしれない。

さて、血の汚《よご》れについてはなんとかできるだろう。

他人に声をかける練習ついでだ。私は彼女の袋に手を出す。

「貸して。きれいにする」

「え、できるの？」

「多分」

袋を受け取り、血液と他の汚《よご》れ以外を収納するよう念じる。

収納後、デイパックから取り出すように袋を出現させれば完了だ。

「これでさっきよりまし」

「ありがとう。さすが魔法使いね」

魔法ではないのだが、説明が面倒だ。それに、アイテムボックス持ちとバレても困る。

私はさっきと同じく、曖昧《あいまい》に頷《うなず》くにとどめた。

「それじゃ行こうか。アレティウムへ行くんだよね」

私は頷《うなず》く。行くのは怖い。

でも、なんとか話せる女の子が一緒に行ってくれる。こんな機会、今を逃したら二度とないだろう。

そうなると私は野生のまま生きていくことになる。

……それも気楽でいいかもしれない。

いや、駄目《だめ》だ。やっぱりちゃんとした布団やこの世界の服、塩をはじめ調味料は欲しい。あと金属製品も。

だから、街に行くのは仕方ない。

しかし、それならリディナに言っておかなければならないことがある。

「ごめん。私は他人が苦手。特に男性。だから審判庁は多分無理」

言った。言ってしまった。これでリディナはどうするか。

街までの護衛という意味もあるから、ここで別れるということはないだろう。だが、機嫌を損ねることは充分ありうる。

リディナの表情はあまり変わらなかった。強《し》いて言えば、少し驚いているようだ。ただ、怒りとか残念がるという感じではない。

なぜだろう。そう思いつつ、リディナの口元がどう動くか注視する。

「審判庁については心配しないでいいと思います。こっちが希望すれば審問官は女の人にしてくれますから。そもそも、アレティウムの街のそういった担当はほとんど女性です。男性は少ないですから。でも、それを知らないということは、フミノさんはこの国の出身じゃないですよね。どこから来たの？」

思ってもみない方向からの打撃だった。答えられない。答えようがない。

異世界から転移したなんて言っても、理解してくれないだろう。

私は必死に考える。動きが鈍《にぶ》い頭でなんとか納得してくれそうな言い訳をひねり出し、言葉に整えて口から出す。

「以前いたのは遠い国。修行のため、魔法でこの近くまで飛ばされた。この国のことはほとんど知らない」

言いながらも、怪しい言い訳だなと反省する。事前に設定をもっと練り込んでおけばよかった。

こんなので信じてくれるだろうか。

「そう言えば、遠い魔女の国でそんな風習があるという話を聞いたことがあります。てっきりおとぎ話だと思っていましたけれど、本当にあるんですね」

おお、信じてくれた。リディナありがとう。

「でも、それなら身分証を持っていないですよね。身分証がない場合、街へ入る際は神の水晶玉による審査検問と入街審査料として小銀貨三枚が必要ですけれど、大丈夫ですか？」

お金がいるのか！　しかも検問なんてものまで。

思わず足が止まる。そんなこと、大事典に書いていなかった。どうすればいい。

私に検問なんて耐えられるわけがない。怖すぎる。

しかも私、この世界のお金なんて一銭も持っていない。

もっと小さな、検問がなさそうな街や村を探してやり直しだろうか。

とりあえず帰って、一度落ち着いてから考え直そうか。

そう思ったとき、リディナがくすりと笑った。

「大丈夫ですよ。命の恩人ですし、それくらいは貸せます。それに検問と言っても簡単です。水晶玉に手をのせるだけで犯罪歴がなければ大丈夫です。係員は概《おおむ》ね女性ですし、もし心配なら私も一緒に行きますから」

どうする私。

怖いのは確かだ。想像するだけで胸が恐怖で痛む。

でもリディナの言う通りなら、コンビニで買い物をするのとそれほど変わらないはず。しかもリディナが一緒に付き合ってくれるし、お金も貸してくれるという。

この機会を逃すと同様の好条件が今後、それも服が破れる前に出てくるとは思えない。

「あと先程の魔狼、換金するのでしたら冒険者ギルドへ行く必要がありますよね。なんなら、人の少ない時間に一緒に付き添いますけれどどうですか？　受付はだいたいお姉さんですし、私が他の人との間に入れば、なんとかなりますよね」

これはかなりの好条件だ。

でも待て、条件がよすぎる。何か企んでいないだろうな。

人を素直に信じられないのは悲しい。けれど、これが私の性格だ。

今まで生きてきた経験で培《つちか》ってしまった私の性格。他人が怖いというのと同じ。だから今すぐには変えられない。

「その代わり、お願いがあります。私を雇ってください」

えっ。思わぬ展開に思考が一瞬停止する。雇うとは、どういうことだ?

「見た通り、私の雇い主は死んでしまいました。もう給料は出ないと思っていいでしょう。跡取りもいないし、資金繰《ぐ》りも最近厳しかったし、おそらくこれで倒産です。ラベルゴ家はケチだったし、扱いも悪かったし、給金も二ヶ月遅れですし。ですから貯金もできていません。今の所持金額では宿に泊まったら一週間も持たないでしょう。次の雇い主を見つけないと、一週間後には売春街行きです」

この世界の一週間とは六日だと、大事典に書いてあった。つまり前の世界より一日少ない。

それにしても売春宿か。金を貰《もら》えるだけ、ただ襲われるよりはまし。そう考えるのは私が不幸慣れしすぎているせいだろうか。

「アレティウムは不景気で、いい雇用先はなかなか見つかりません。一週間で仕事を見つけるのは不可能だと思います。そこでですけれど、フミノさんは狩人ですよね。魔狼でも倒せるくらいの」

微妙に引っかかるので訂正させてもらう。

「埋《う》めるだけ。戦うのは無理」

私に近接戦闘の能力はない。それは、はっきり言っておこう。

それでもリディナは頷《うなず》く。

「それで充分です。魔狼を倒せるくらいの狩人ならいくらでも稼《かせ》げます。魔獣や魔物はいくらでも出てきますし、褒賞金《ほうしょうきん》も高いですから。一日にゴブリン三～四匹程度を狩ることができれば、充分暮らしていけるはずです」

そうなのか。相場は大事典にも載っていなかったから知らない。

「しかしフミノさんは人、特に男性が苦手。さらにこの国についてはよく知らない。そうですよね」

その通りだ。うんうんと頷《うなず》かせてもらう。

「人と関わることは全部私が手伝います。狩り場も私が聞いてきます。買い出しもします。だから私を雇ってください」

それは待ってくれ。確かに、私にとってはありがたい。でも本当にそれでいいのだろうか。

「稼《かせ》げる自信はあまりない。リディナの給金まで出せるかも」

「衣食住だけでいいです。だから雇ってくれませんか。駄目《だめ》ですか」

そう言われてしまうと困る。確かに売春街行きなんてのはかわいそうだから。

それでも、もう一度だけ確かめたい。

「本当にそれでいい？　私の手伝いをしながら仕事探しをしてもいい。手伝ってくれる間の衣食住はなんとかする」

私の仕事だけではきっと儲《もう》からない。

衣食住だけでいいと言っている時点で、リディナもそのことはわかっているのだろう。

正直、自分が人を雇える人間とは思えない。

でも、リディナがさっき言っていたことが確かなら、今まで溜《た》めた魔獣や魔物の魔石があれば、ある程度は暮らせる。

なら、雇用という形で縛《しば》らず、手伝ってくれるだけでいい。

そういう意味合いで、もう一度聞いてみたわけだ。

「いえ、雇ってください。もう金持ちの家のメイドとかはうんざりなんです。気位《きぐらい》は高くて口ばかり煩《うるさ》くて、そのくせ出すべきものも渋《しぶ》る。真面目に仕事していても文句ばかりでいいことなんかなんもない。挙句《あげく》の果てに、魔狼の餌《えさ》として投げ出されるし。でも、この辺の金持ちなんてそんなものです。良心的にやるよりケチで強欲《ごうよく》にやった方が儲《もう》かる。今残っているのは、そんな連中ばかりです。そんな連中のところではもう働きたくありません。フミノさんの手伝いなら、あんな連中に雇われるより気分的によっぽどいい。フミノさんは見ず知らずの私を助けてくれましたし。だからお願いします。雇ってください」

そこまで言われてしまった。

確かに、私もリディナがいてくれると助かる。自分一人では人が怖くて何もできない。なら、どうすればいい……

ふと思いついた。

雇用と考えると、上下関係ができてしまう。しかし、そうでなくとも助け合えるちょうどいい関係が、この世界にはある。冒険者のパーティだ。

今までのリディナの言葉遣いが少し気になる。

私は相手に敬語で話されるのに慣れていない。年齢も近いし、これからは普通に話してもらおう。同じパーティの仲間として。私が普通に話すのは難しいけれど。

「雇用はしない。パーティを組む。それじゃ駄目《だめ》？」

リディナが、えっという表情になる。

「でも私、魔獣を討伐なんてできないです」

「私がやる。なんとかする。でも私は他人が苦手。リディナに頼む。だから対等。対等な仲間。駄目《だめ》？」

こういうときにうまく話せたらと思う。

対人能力が極限まで低いので、言葉がすらすら出ないのだ。

「それでいいの？　私は誰でもできることしかできないですけれど」

「私ができないことができる。充分」

仲間か。向こうの世界ではついぞ私が得られなかったものだ。

いつか、私はリディナに裏切られるのだろうか。そんなことを思いもする。今までの経験から、物事を悪い方にしか考えられない。

それでもいいや、と私は思う。裏切られたらまたあの洞窟《どうくつ》に戻るまでだ。生きていくだけならそれでいい。この世界はその分、前の世界より私に優しい。

だから、今はリディナを信じよう。その方が楽だから。

「本当にそれでいいんですか」

「助かる。私も嬉しい」

「なら、お願いします。私、役に立ちますから」

ここで早速リディナにお願いをひとつ。

「仲間だから普段の口調でいい。これからよろしく」

「こちらこそ、よろしくおねが……よろしく」

思い出した。私は今回、服を買いに来たのだ。

できれば服の他に、金属関係とかも買おうと思ってはいた。

それなのに、まさかこんな流れになるとは思わなかった。いきなり私に仲間ができるなんて。

まあいいや。結果として服を買えるだろうから。今は流されよう。流れていける方に。

さて、パーティを結成したから作戦会議だ。

歩きながら私は、リディナに今の状況をもう少し詳しく説明する。

「最低限したいのは服を手に入れること。今着ている服の替えがない。お金は持っていない。代わりに、狩った魔獣の死骸《しがい》と魔物の魔石をバッグに入れてある」

うんうん、とリディナは頷《うなず》く。

「服ね。古着屋で探せば安いかな。いくつか店を知っているから大丈夫だと思う。ところで、そのバッグはそんなにものが入るの？」

アイテムボックスのスキルは説明しない。その程度の用心はしておいた方がいいだろう。

「このバッグは私専用の自在袋。かなり入る。私しか使えない」

「なるほど、さすが魔法使いの持ち物ね。それで、魔物や魔獣はどれくらいあるの？　念のために聞いていい？」

　あっさり納得してくれたようだ。なら続けよう。

「ゴブリンの魔石十五個、アークゴブリンの魔石一個。あと灰色魔狼の死骸《しがい》十八匹、白魔狼二匹、魔猪三匹、魔熊一匹。それに魔鼬や魔鼠たくさん。他に薬草が少し」

　お金になりそうなものの在庫をひととおり教える。私より彼女の方が適切な換金先を選んでくれるだろう、と判断してだ。

「そんなにあるの！」

　驚く声に心臓が縮こまり、足が止まる。なんとかしゃがみ込まずには済んだ。

「あ、ごめんね、驚いた？」

　決してリディナが悪いわけじゃない。私が過剰《かじょう》に反応したことはわかっている。

「ごめん。大きい声も苦手」

「わかった。気をつけるね」

　この辺は、全て私の経験のせいだ。もうあの世界とは関係ないとわかっているのに。

「それだけあれば、一ヶ月は余裕で暮らせるよ、宿代含めて服を買っても。でも、それならやっぱり冒険者ギルドに登録した方がいいかな。業者と直接取引する量じゃないし、ギルドを通した方が目をつけられにくいから」

　大事典の知識しかない私の判断より、リディナの判断の方が正しいだろう。

「任せる」

「なら街に入って、冒険者ギルドに登録して、審判庁、服屋、そして宿ね」

　リディナに任せるという決意がぐらりと揺《ゆ》らいだ。

　うう……一気にそれだけの仕事をこなすのか。街に入るための審査検問もあるし、私の精神が持つだろうか。

　しかしギルドに登録しないと、お金が手に入らない。

　審判庁へ行かないと、リディナが罪を着せられかねない。

　服屋へ行かないと、目立つ異世界の服で過ごすことになる。そもそも、そろそろ破れそうだし。

　うん、仕方ない。どうしても駄目《だめ》そうなら、そのときはリディナに言って判断してもらおう。

　ひたすら森の中の道を歩いていく。

　監視の魔法が魔物の反応を捉えた。これはゴブリンだな。三匹、森の中からこの街道に近づいている。少し速めに歩けば、無視して通りすぎることもできそうだ。でも、まずはリディナに聞いてみよう。

「ゴブリンって魔石、お金どれくらい？」

「確か、褒賞金《ほうしょうきん》は一匹あたり小銀貨三枚だったと思うけれど」

　そこそこいい金額だ。なら、倒しておこう。

「十分の一時間《六分》以内にゴブリンが来る。三匹。仕留めるから待って」

「そんなことわかるの？　それも魔法？」

私は頷《うなず》く。これは間違いなく魔法だ。

「どっちから来るの？　危なくない？」

「左。問題ない。馬車や人は来ない」

リディナがダッシュで右側へ。そんなにゴブリンが怖いのだろうか。

私にとってのゴブリンは雑魚《ざこ》。人間より小さい分、力も弱い。もう何度も倒したから、慣れてもいる。

アイテムボックス内を確認した。土の量は充分だ。いつでも出せるようにイメージしておく。

監視でゴブリンの方向と速度を確認して、出てきそうな場所を予測する。

「出る」
三、二、一、見えた。木々の間から、ゴブリンの姿が。
やつらも私たちを目視できたらしい。弱そうな掛け声を出して走って、街道上へ。

今だ！　アイテムボックスから土を出す。量はゴブリンが首まで埋《う》まる程度。

あっさりやつらは動けなくなった。二匹が首だけ土から出ている状態で、一匹はしゃがむか転ぶかしたらしく、土中に埋《う》まって見えない。

まあいい。まずは見えている二匹からだ。

「火炎」

火属性のレベル2魔法で、首から上を灰にする。うん、完全に死んだ。

残りの一匹は蒸《む》し焼きだな。土全体に温度上昇をかける。目標温度は摂氏《せっし》百度。この世界にそんな単位はないけれど。

監視魔法で、土中のゴブリンが死んだことを確認した。

それでは魔石の回収だ。土を収納して、残ったゴブリンの死骸《しがい》を火炎魔法で燃やす。

残るのは、ピンポン玉大で緑色の魔石が三個だけ。これも収納して一件落着だ。

「終わった」

私はリディナの方を見る。おかしい、動かない。

ステータスを確認する。どうやら恐怖で硬直しているようだ。

今のがゴブリンではなく男の人なら、私がこうなるのだろう。でも恐怖耐性（1）があるから、私の方がましかも。

そんなことを思いながら、障害除去の魔法をかける。

大きく息をついて、リディナがふらついた。倒れるかと思ったが、なんとか姿勢を立て直す。

「近くで見ると、やっぱりとんでもないよね。こんなに強いのに、どうして人が苦手なの」

そう言われても困る。あ、でも思いついた。

「魔物は倒せばいい。人は倒すとまずい」

「何よそれ。確かにそうだけれど」

笑われた。なぜだろう。私は冗談《じょうだん》を言ったつもりはないのだけれど。

第二話　生活用具の入手

森が切れて前が開《ひら》けた。

左右は草原。草の高さが一定以上ないのは、熱線魔法か何かで刈《か》ったからだろう。

これは、魔物や魔獣が出た際に発見しやすくするための一般的な措置《そち》だ。そう大事典には書いてあった。

前方には、左右に長く伸びる塗り土製の街壁があり、正面には街門が見えた。

ただ思ったより人が少ない。というか、人の姿が見えない。

衛士すらいない。よく見ると、門も閉じている。

「門、閉まっている」

「受付に言えば開けてくれるよ。この街道はあまり人が通らないからね。魔獣や魔物が出るからだけれど。普通は大回りになっても整備されている大街道を通るの。こっちを通るのは、近道して費用を浮かせたいケチだけ。それで、うちの馬車も襲われたんだけれどね」

なるほど。人が少ないのは、私にとってありがたい。

さて、ついに生きている第二異世界人と遭遇《そうぐう》だ。

頑張《がんば》れ、私。服やその他のグッズがかかっている。ここで失敗したら、一生野生の暮らし決定だ。

しかし、やっぱり怖い。自然と足が遅くなる。リディナとの差が開いていく。

頑張《がんば》らなきゃ。そう思うのだけれど、手が震える。速度が上がらない。

門が見えてから、たった五十腕《百メートル》程度。なのに、リディナとの間が十腕《二十メートル》以上開いてしまった。

既にリディナは、門の隣にある受付らしい場所で何かをやっている。

頑張《がんば》れ私、リディナと一緒に入れないと、二度と文化的生活はできないぞ。必死に足を上げて前へ出してを繰《く》り返す。

「フミノ、大丈夫だよ。受付は女の人だし、話もしておいたし、お金も払ったから。あとは、フミノが水晶玉の上に手をのせれば大丈夫」

リディナがここまでやってくれたんだ。一人だと、こんなに簡単にはできないはずなんだ。

だから、頑張《がんば》れ私。

なんとか受付にたどり着いた。確かに受付は女の人だ。ならば大丈夫、コンビニと同じだと思えば。

置いてあるテニスボール大の水晶玉に手をのせる。

「はい、大丈夫です。それでは、こちらが臨時の身分証明証になります。どこかのギルドで正規の証明書を作ったら、そちらにお渡しください。アレティウムへようこそ」

ほっと一息つく。よし、これで第一の関門クリアだ。

大きな門の横にある、一回り小さいものの頑丈《がんじょう》そうな扉が開いた。どうやら、人だけのときはここから入るようだ。

扉の向こう側が見えた。開けてくれた男性衛士の姿も。

心臓がぎゅっと縮こまる。怖い、動けない。

わかっている。彼はただ扉を開けてくれただけ。そう思おうとしたが駄目《だめ》だ。

デイパックが手から落ちる。その手が、膝《ひざ》が震える。ああ……

駄目《だめ》だ、そう思いかけたとき、ふっと恐怖が少しだけ遠のいた。この感じには覚えがある。

ステータスを確認する。予想通り恐怖耐性が（2）になっていた。

私は軽く頭を下げ、ダッシュで門の中へ入る。

通りすぎてから深呼吸をする。意識してゆっくり息を吸ってはいて。うん、大丈夫。きっと大丈夫。

「大丈夫、フミノ」

リディナが追いかけてきた。落としたデイパックも一緒に持ってきてくれている。

うん、助かった。拾いに行かずに済んだ。さすがリディナだ。

「ごめん。もう大丈夫」

頷《うなず》いてあたりをあらためて見まわす。

目の前というか、ここはもう街だ。

今入ってきた街門に続く太い街路に、家々が立ち並んでいる。

家々は日本とはかなり違う様式だ。建物の形そのものは似ている。しかし壁が赤い。素焼きの植《うえ》木鉢《きばち》のような赤色をしている。

リディナの言う通り、歩いている人はほとんどが女性だ。

服は生成《きな》りっぽい色か、染めてもアースカラー系の地味な色ばかり。

この中で、白と紺の制服姿は目立ちそうだ。早急に服を買おう。

しかし、その前にお金を作らなければならない。その上、審判庁にも……

「次はどこ？」

「審判庁にお願いしていい？　今度はもう少し気をつけるから」

きっと、今の衛士のことを言っているのだろう。

「リディナのせいじゃない。大丈夫」

恐怖耐性（2）のおかげで、道に男の人がいるくらいなら大丈夫になった。

もちろん耐えられるだけだ。怖いのは変わらない。

それでも、これは大きな進歩だ。もっとも、進歩といっても……

かつて向こうの世界にいたときの私と同程度くらいだな、考えてみれば。どうやら、人に会わない暮らしを続けた結果、人に対する恐怖が増してしまっていたらしい。

でも大丈夫。恐怖耐性（2）のスキルがあるしリディナもいる。

それにこの街、男性はかなり少ない。

だから問題はない。きっと多分。

「行こう。どっち」

「こっち。歩いてもすぐ」

リディナについて歩き出した。

審判庁はあっさり終わった。

そこそこ広い個室だったし、相手も若い女性だった。

しかも私への質問もひとつだけ。内容は『リディナさんの言った通りですか』というもの。

私は頷《うなず》いただけだ。あとは、街門の受付と同じく水晶玉に手をのせて終わった。

ただ、それだけでもかなり疲れるのが私だ。ああ、もうおうちへ帰りたい。

もちろんこの場合のおうちとは、あの洞窟《どうくつ》のことだ。でも、まだそうすることはできない。なにせお金を手に入れてすらいないのだ。

そんなわけで、おそらく本日最大の難関、冒険者ギルドへ向かう。

覚悟を決めてリディナにくっついて中に入る。思ったより人が少ない。冒険者の皆様は仕事で出ている時間なのだろうか。

なんにしろ空《す》いていたのはよかった。それでも冒険者らしい男性が二人。これはリディナを壁にして、恐怖耐性（2）でなんとか耐える。

受付は女性だったので問題なし。

手続きもリディナがほぼやってくれた。私は頷《うなず》くだけだ。

他には、審判庁と同じく水晶玉に手をのせ、署名をしたことくらい。

「フミノ、自分の名前は書ける？」

「大丈夫」

備えつけのペンを手に取る。この世界の文字で私の名前を書いて、手続きは終了だ。

「それでは既に何頭か退治していらっしゃるということで、確認及び買い取りを実施させていただきます。こちらに、討伐の証明になるものを出していただけますでしょうか」

受付嬢さんの言葉に思わずじーんとしてしまう。

ああ、やっとここまでたどり着いた。これでお金が手に入る。苦労して怖さに耐えたが、これで報《むく》われる。

怖くてがちがちに緊張していたところに、そんな感動と安堵感《あんどかん》が押し寄せたせいだろう。

私はつい出してしまったのだ。今までに狩った魔獣全部を、アイテムボックスから一気に。

受付のカウンターに魔獣の死骸《しがい》が積み重なった。漂う異臭。そして……

「ち、ち、ちょっと待ってください！　誰か！　誰か……」

受付嬢さんの悲鳴にも似た叫《さけ》び声《ごえ》で、私は失敗に気づいた。

しまった！　確かにこれ、ここに出すには多すぎた！

灰色魔狼十八匹、白魔狼二匹、魔猪三匹、魔熊一匹。魔鼬や魔鼠最低でも三十匹以上。

全てがカウンターの上に積み上がっている。

アイテムボックス内では、時間が経過しない。だから、死骸《しがい》は殺したてで新鮮なままだった。だから、凝固《ぎょうこ》していない血が、カウンターに垂《た》れていく。

受付カウンターの上は、スプラッタ状態だ。

これは確かに、受付嬢さんが悲鳴をあげても仕方ない。それは私も理解可能だ。

やらかしてしまった。そう思うが、もう遅い。

視線が私に集中している気がする。怖い、人の目が怖い。

なんとか恐怖耐性（2）で耐える。縮こまらずに頑張《がんば》る。けれど、やっぱり怖い。

ギルドの係員らしい人が五人、集まってきた。男性も一人だけいたが、カウンターの向こう側だ。だから、これもなんとか耐える。

一人が、袋がいくつも束になったものを持ってきて、他の係員に配った。

片手で配られた袋を持った係員が、もう一方の手で魔獣に触れる。同時に魔狼などが減りはじめる。

なるほど、あの袋は本物の自在袋のようだ。

台の上が少しずつ片づきはじめた。どうやら、自在袋ではこの量を一気に収納できないようだ。寄ってたかって、そして袋を取り換えてという感じで処理している。

それぞれ袋を二回くらい取り換えて、ようやくカウンターの上が片づいた。さらに二人で雑巾《ぞうきん》を取り換えながら、流れた血を拭《ふ》きまくる。申し訳ないけれど、私は固まったまま見るだけ。

やっとカウンターが完全に綺麗《きれい》になった。一件落着だ。

「失礼しました。これで全部でしょうか」

失礼したのは私の方だ。失敗した。少しずつ出すべきだった。そう思っても、もう遅い。

しかし、もう血が滴《したた》るようなものはない。だから大丈夫だろう。

「あと魔石と薬草。まず魔石はこれだけ」

魔石ならかさばらないから問題ない。

ゴブリンの魔石十八個とアークゴブリンの魔石一個を出す。

受付嬢さんは一つだけ違う魔石にすぐ気づいた。

「これは、アークゴブリンの魔石ですか。これもフミノさんが」

黙って頷《うなず》く。この方が口で返事するより楽だから。

「わかりました。あと薬草もお願いします」

向こうからそう言ってくれると大変助かる。

でも念のため、一応聞いておこう。

「大量にある。全部出していい？」

受付嬢さんは頷《うなず》いた。

「ええ、カウンターにのる程度なら大丈夫です」

よし、なら遠慮なく。

ゼリア草、アステラ草、タイーショ草、エザイ草、シオノギの木の皮を順繰《じゅんぐ》りに出す。全部十株ずつ束ねてある。魔獣と違って、血が垂《た》れることも当然ない。

なお、自分で使用する分を考え、ある程度は残してもいる。

だからカウンター上が目いっぱいにはなったけれど、落ちそうにはなっていない。平和で何よりだ。

「あ、ありがとうございます。誰かこれもお願い。あとサブマスかギルマス、誰か呼んできて」

やりすぎただろうか。全部出してと言われたから、出したのだけれども。

「大丈夫？」

リディナに聞いてみる。

「まあいいんじゃないかな。買い物にお金も必要だし」

リディナがそう言ってくれたので少し安心する。

さっきと同様、係員が五人集まってきた。寄ってたかって自在袋に収納していく。

どうやら、こういった大量取り扱いは、ある程度想定されているようだ。さっきの魔獣のときとは違って、少し落ち着いた目で見るとそれがわかる。動きがこなれているのだ。

あとは、これらがいくらになるか。楽しみだ。

服は絶対必要だ。調味料も欲しい。鍋《なべ》や釜《かま》、包丁《ほうちょう》なども。ナイフも欲しいし、布団セットなんてのもあれば買いたい。お金はいくらあっても足りないのだ。

なんて思っていると、私が出したものを回収した台車と入れ違いに、二十代後半くらいの女性がやってきた。他の係員さんとは少し違う雰囲気《ふんいき》の人だ。

「どうしたのアルテア、呼んでいると聞いたので来たけれど」

「あ、サブマス。お願いがあるんです……」

担当してくれた受付嬢さんは、アルテアさんと言うらしい。そして今来た女性はサブマスと呼ばれていた。

それにしてもなんだろう。あとはお金を貰《もら》うだけだと思うのだけれど。

二人の会話はこちらからは聞こえない。

しばらく話したあと、アルテアさんは再びこちらを向いた。

「確認ですけれど、これらは全てフミノさんがとってきたということで、よろしいですね」

なぜここでわざわざ確認するのだろう。そう思いながら私は頷《うなず》く。

「それですと、冒険者としての実力は、既にかなり上のクラスである可能性が高いです。ですので、実力を確認させていただいた上で、より適切な級を認定させていただこうと思います」

面倒くさそうだ。

それに、実力を確認ということは、きっと強い人と試合をするのだろう。そんなの怖くてできない。

「低い級でいい」

「そういうわけにもいかないんです。いざというときの戦力を把握《はあく》するのも、冒険者ギルドの任務なので」

アルテアさん、そう言われても困るのだ。

怖いものは怖い。人相手なんて絶対無理だ。

「フミノさんは人が苦手なんです。ですから特に対人で戦力になるとは思えません。採取とか魔物、魔獣関係しかやらないつもりです。それに、本人も望んでいません。だから、このままでは駄目《だめ》でしょうか」

リディナがそう言ってくれた。さすが仲間。ちょっとほっとする。

なにせ私は対人能力がまるでない。説明とかも苦手だ。

「冒険者ギルドの級は、魔物や魔獣が基準よ。兵隊ではないのだから。それに、級が高ければ討伐でも受けられる依頼が増えるわ」

「C級以上なら、魔物や魔獣をランクに関係なく討伐依頼を受けられます。しかし、D級以下ですと二種以上の魔獣や魔物の討伐依頼を受けられません。E級ですと討伐依頼そのものが受けられません。依頼にならない魔物を倒した場合は討伐依頼の達成とは認められず、依頼の褒賞金《ほうしょうきん》より三割以上安い協力謝礼金を受け取るだけとなります。ですから、この機会により上の級を取っておいた方が絶対得です」

サブマスとアルテアさんが交互に攻めてきた。

収入が増えるのには、ちょっと心がひかれる。それでも、やっぱり怖いものは怖い。人を相手にするのなんて無理だ。

「先程も言ったように、フミノさんは人が苦手なんです。このカウンターにいるのもやっとという状態ですから、人と闘う形式の試験は無理です」

リディナがそう言ってくれる。本当にありがたい。

「なら、魔獣や魔物を倒した魔法を見せてもらうのはどうかしら。判定は私がします。他に立ち会いはなしで。それならどうかな？　大丈夫？」

サブマスがそんな提案をしてきた。

私は考えてみる。魔法を見せるだけなら、それも男の人なしで、見るのもこのサブマスだけなら。今の私でもなんとか耐えられるだろう。恐怖耐性（2）は伊達《だて》じゃない。

「大丈夫？　フミノは無理しないでいいからね」

ああ、リディナ本当にありがとう。そう言ってくれる人がいるだけで少し心が軽くなる。

でも収入が増えれば、リディナにも当然その分お裾分《すそわ》けができるだろう。買い物だってできる。

きっと、ここは私の頑張《がんば》りどころだ。だから私は言ってしまう。

「わかった。魔法だけなら」

言ってしまった。

「ありがとう。それじゃ案内するわ」

サブマスは立ち上がり、カウンターをぐるっと回ってこちら側へやって来る。

「この建物の裏に簡単な試合場があるわ。そこで魔法を見せてもらいましょう」

私たちはサブマスに続いて一度ギルドの外へ出た。そして右に曲がり、ギルドの建物脇の路地に入ってまっすぐ進む。

すると、開《ひら》けた裏庭みたいな場所に出た。そこそこ広い。テニスコートくらいはあるだろうか。

地面は平らに均《なら》して踏み固めた土で、周囲を土壁で囲ってある。

「ここの壁は、耐衝撃の魔法陣を刻んであるわ。だから、多少魔法が強くても大丈夫」

サブマスは横の物置みたいな場所から、太くて短い丸太を取り出す。そのまま両手で運んで、裏庭の中央に立ててから、こっちを見た。

「それでは、この丸太を魔獣だと仮定して、どうやって倒したのか見せてちょうだい。それで判定するわ」

それなら簡単だ。

丸太の下の地面を思い切りよく収納。丸太が落ちたのを確認したあと、上に土を一腕《ニメートル》ほど出してかぶせる。

「以上」

サブマスさんはうんうんと頷《うなず》いた。

「なるほど、埋《う》めてしまうわけね。魔獣ならそれで確かに倒せるわ。なら次の課題。相手が魔獣ではなく魔物だったら、このあとどうするの。埋《う》めるだけで魔物は倒せないわよね。実際にやって教えてもらっていい？」

それも簡単だ。今埋《う》めた部分を中心に、温度上昇の魔法をかけるだけ。

「こんな感じ」

そう言ってふと思う。温度を上げたことは目に見えない。だから、このサブマスさんに何をやったのかわかるだろうか。

「熱で魔物を殺すわけね。ええ、それで充分よ」

どうやらわかってくれたらしい。よかった。私はほっとする。

「それで何級になるでしょうか？」

リディナがさっと尋《たず》ねた。さすがだ。私はそこまで頭が回らなかった。

「C級で問題ないわ。それじゃフミノさん、穴を元に戻して。丸太は埋《う》めたままでもいいし、戻してもいいわ」

なら、まずかぶせた土を収納して、次に丸太を収納する。穴を掘ったときの土を戻して、踏み固め魔法で均《なら》し、最後に丸太を出して完了だ。

「見事なものね。ここまで大容量のアイテムボックススキルを自在に使える人は見たことがないわ」

うんうん、サブマスさん、よくわかっている。

そう思った次の瞬間。

私は気づいてしまった。サブマスさんは、私が使ったのは自在袋ではなくアイテムボックスだと、見抜いている！

「なぜわかった？」

この言葉で理解できるだろうかと、一瞬後悔する。

しかし、サブマスさんは頷《うなず》いた。

「私は魔力の流れを見るスキルがあるの。だから、ここでサブマスなんてやっているわけ。普通の人は自在袋と説明されればまず疑わないわ」

少しだけ安心。だがすぐに、しまったと思った。

「何それ。私、聞いていない」

そうだ。リディナにそのことを話していなかった。

まずい。リディナは怒るかな。

リディナに離れられたら私は大変だ。一人で全てをやらなきゃならなくなる。お金を受け取って、そしてお店で買い物をして……絶対無理だ、私一人では。

そう思ったところで、サブマスさんが口を開いた。

「秘密にしているのは仕方ないと思うわ。大容量のアイテムボックス持ちと知られたら、間違いなく狙われるから。これって、商会だけではなく軍でも有用なスキルよ。誘拐してでも手に入れたいと思う人がいても不思議ではないほどに。だから、あえて自在袋の力ということにしたんでしょ。リディナさんもそう思っておいた方がいいわ。下手に知られたら、リディナさん自身も狙われかねないし。フミノさんに対する人質としてね」

　ああ、このサブマスさんはいい人だ。私の分の弁解までしてくれた。

「なら仕方ないか」

　リディナ、納得してくれたようだ。ほっと一息。せめて買い物が終わるまでは、リディナを失うわけにはいかないのだ。

　かえすがえすサブマスさんに感謝する。まあ、バレたのもこの人のせいなのだけれど。

「じゃあ、Ｃ級冒険者として登録するわね。リディナさんはＥ級登録だけれど、二人でパーティを組んでいる限りは、Ｃ級の仕事が受けられるわ。最初からＣ級だから、さっき出した魔物も討伐依頼の成果と見做《みな》されるわ。その分少しお得よ」

　よし、これで少し余分にお金が稼《かせ》げた。

　おまけに、リディナにアイテムボックスのことを説明しなくてもよくなった。

　今までの人生にない順調さだ。だからこそ、少し不安にもなる。この先、悪いことが起きないだろうかと。

　来た道を戻って受付のカウンターへ。既にアルテアさんが書類などを用意して待っていた。

「それでは、記載事項を確認してください」

　さっき判定したばかりなのに、もう冒険者証ができている。どうやら、最初から私をＣ級に認定するつもりで書類を作っていたようだ。

私は自分の分の冒険者証を確認する。名前と級、あと分類で魔法使いと書かれているだけ。あ、そう言えば、街に入るとき、身分証ができたら……とか言われていたのだったな。

「臨時の身分証明証」

検問所で渡されたやつを提出する。

「はい、確かに預かりました。これで間違いはないですね」

「はい、大丈夫です」

リディナの台詞《せりふ》に合わせて、私は頷《うなず》く。

「次は、先程の魔物や魔獣の褒賞金《ほうしょうきん》、その他についてです。合計で正銀貨六十四枚、小銀貨四枚、正銅貨八枚になります。なお、ギルド登録手数料は既に引いてあります。内訳の詳細は、こちらの計算書をご覧ください」

「嘘、そんなになるの」

驚くリディナに、アルテアさんが説明する。

「魔狼は商隊などに最も被害を出している魔獣です。ですから、褒賞金《ほうしょうきん》も高く設定されています。また、薬草の中に希少で高価なものがありました。詳細は計算書に書いてある通りです。確認をお願いいたします」

リディナと二人で計算書を見る。

うん、私にはこの金額がどれくらい凄《すご》いのかの実感はない。ただ、魔獣や魔物、薬草の数があっているのはわかる。計算も多分あっている。問題はない。

耳元でリディナがささやいた。

「これってどれくらいの期間、狩ったりしたの？」

「約一ヶ月分」

私がこの世界に来てからそれくらいだ。実際は鹿とか食べてしまった分がある。だから、これより多く狩ってはいる。

「大儲《おおもう》けじゃない。三ヶ月は暮らせるよ」

リディナと超接近して小声で会話をする。こんなことは、前の世界でした覚えがない。

でも恐怖耐性（2）のおかげか、リディナにはだいぶ慣れたからか、割と平気だ。

「それで間違いはないでしょうか」

「ええ、文句ないです」

私も頷《うなず》く。リディナが会話してくれるので楽だし助かるなと思いつつ。


冒険者ギルドを出てほっと一息。

「あとは服屋行って、そして宿だね」

リディナの言葉に、私は頷《うなず》く。

「安いのでいい。数が欲しい。布団やベッドマットもあれば」

「服とその辺の日用品は、扱っている場所が違うの。それにそろそろフミノ、疲れていない？」

あ、言われてみれば確かにそうかも。

今は、お金が貰《もら》えてハイになったおかげで少し元気だ。しかし、ギルドに入る前の時点ではかなり疲れていたはず。体力的な疲れではなく、精神的な疲れで。

他人と一緒の空間にいるだけで精神力がごりごり削《けず》られる。リディナにはなんとか慣れたけれども。

頷《うなず》く私を見て、リディナは続ける。

「だから服だけ買ったら、宿へ行って休みましょ。明日以降、残りの用事を済ませればいいよね」

まさにその通りだ。服だけは今日中になんとかしたい。今着ているのはもう限界だし目立つから。

うんうんと頷《うなず》く私を見て、リディナも頷《うなず》く。

「それじゃ、古着屋へ行こう」

そう言って歩きはじめた私たちの前に、ぬっと何かが出現した。

うっ、男だ。しかも粗暴そうで柄《がら》も悪そう。思わずささっと下がってしまう。

「姉ちゃんたち、景気よさそうじゃねえか。俺とパーティ組もうぜ」

うわっやめてくれ。

嫌な思い出がわっと脳裏に広がる。心臓が縮こまる。恐怖で足が震える。

「うちは二人で間に合っていますから」

断るリディナの右腕を、男が掴《つか》んだ。

「そう邪険《じゃけん》にするなよ。こう見えても、俺は役に立つ男なんだぜ。取り分は俺が八、あんたらがあわせて二でいいからよ」

思い出したくない顔を思い出す。吐《は》き気《け》がする。やめてくれ。

「放してください」

「そこはありがとうございますだろ。せっかく俺が仲間になってやるというんだ。契約金を出して、どうぞお願いしますと言うのが筋だろうが」

リディナが捕まったままだ。しかも、腕の握《にぎ》られた場所の色が変わっている。相当強く握《にぎ》られているのは間違いない。

怖さで何も考えられなくなりそうになる。頭を抱えてうずくまってしまいそうになる。吐《は》き気《け》もする。

でも、リディナが捕まったままだ。

恐怖で魔法を発動できない。魔法に集中できない。喉《のど》に熱い胃液がこみあげてくる。

ふらふらする。立っていられない。しゃがみ込んでしまう。怖さで思考が真っ白になりそうだ。

けれど、リディナが捕まったままだ。だから、必死に意識を集中する。

「うっ、ペッ、なんだ、土か」

私がアイテムボックスから出した土だ。

集中できなかったから量はちょっとだけ。それでも、なんとか顔にかぶるように出せた。

男は顔の土を右手で払う。その瞬間、リディナが自由になった。走って男のもとから離れる。

今だ。私はアイテムボックス内の土に意識を集中した。

「うおっ」

収納してあった土が、男の周囲に一気に出る。

男はあっさりと埋《う》もれた。首まで土に埋《う》まった状態だ。

「なんだこれは、これしきの土で」

気持ち悪い声が聞こえる。もう駄目《だめ》、私が限界。しゃがんでも辛《つら》い。

うえっ。酸《す》っぱい液を吐《は》く。息も苦しい。

もう何も考えられない、駄目《だめ》。

「そこまでよ」

聞き覚えのある女性の声がした気がする。

でも駄目《だめ》。視界が真っ白になっ……

何か聞こえる。

「大丈夫！　大丈夫、フミノ！」

私を名前で呼ぶようなやつはいない。おいとか、お前とか、てめえとか、ゴミとか。

そう思ったところで気づく。これは、嫌な感じじゃない。嫌な声じゃない。

目を開ける。地味なやぼったい服を着た異国の女の子がいる。

誰だこれは。そう思ってふっと思い出す。リディナだ。

リディナの膝《ひざ》と胸に上半身をもたれる形で抱えられている。私は完全に思い出した。

そうだった。ギルドを出て、歩いていたところを襲われたのだ。

「大丈夫？　フミノ」

「あの男は？」

「大丈夫。フミノのおかげよ」

私はゆっくり身体を起こし、周囲を見る。リディナ、土の山、それに冒険者ギルドのサブマスさんとギルド職員二人だ。

「大丈夫かしら。一応回復魔法はかけたし、身体的には異常はないみたいだけれど」

これはサブマスさん。さっき話したし女性だから、一応大丈夫だ。

「大丈夫です」

私はゆっくりと立ち上がる。うん、もう大丈夫。ふらつかない。多少口の中に酸《す》っぱいのが残っているけれど、他はもう問題ない程度だ。

それでは、嫌なことだけれど確認だ。

「さっきの男は？」

尋《たず》ねる。怖いから男の方は見ない。

「動けないけど、生きているし、怪我《けが》もないわよ。魔法で確かめたわ」

ほっと一安心。そして思い出した。

「リディナ、腕、大丈夫？」

「大丈夫よ。それよりフミノ、本当に大丈夫なの？」

「問題ない」

少なくとも身体的には。その辺は自分でわかっている。だから大丈夫。

でも、この状況に少しだけ疑問を感じた。なぜサブマスさんやギルド職員がここにいるのだろう。

「なぜ来たの？」

うまく言葉が出ない。

しかしその言葉だけでサブマスさんにはわかったようだ。頷《うなず》いて口を開く。

「あなたたちが出たあと、こいつが妙な素振りで出ていったから心配になってね。手元の書類を片づけてから追ってきたの。でも間に合わなかったみたい。ごめんね」

そういうことか。ようやく状況を理解した。

「どうする？」

「こういった手合いはしっかり処罰しないとね。そうしなきゃ、冒険者ギルドが立ち行かなくなるわ。今回は現行犯だからすぐに収監されるでしょ。最低でも一ヶ月の強制労役ね」

それなら当分は安心だ。お礼参りなんてこともすぐにはない。

「こいつの身柄はこのまま預かるわ。審判庁にはこちらから報告するから。私たちが目撃しているし、大丈夫よ、あなたたちはそのままお買い物に行っても。ただその前に、この土をもう一度収納してくれない？　このままでは通行の邪魔になるわ。こいつはもう麻痺《まひ》させてあるから大丈夫」

なら、土を収納しても大丈夫か。それに、路上にこれだけ土が出ていたら邪魔だろう。

土を収納する。リディナを襲った男はふらっと倒れた。

サブマスと一緒に来ていたギルド職員がさっとその男を抱える。もう一人のギルド職員がすぐそばにある荷車を引っ張ってその横へ。

荷車は、プロパンガスのボンベ運搬用の荷車に似た、細長い代物《しろもの》だ。それに職員二人がかりでのせて、上からロープで縛《しば》りつける。

ふと思った。この荷車は、こういった犯罪者運搬用なのだろう。人間一人にちょうどいい大きさだ。形も縛《しば》る場所も、便利にできている。

ただ、車輪が金属製で固そうだ。きっと乗り心地は最悪だろう。縛《しば》られた上に麻《ま》痺《ひ》しているから、文句を言うことはできないけれど。

「それじゃまたね」

サブマスさんとギルド職員二人はこちらに一礼し、荷車を引いて去っていった。

人間を縛《しば》った荷車を引っ張っていくのは、シュールというか妙な光景だな。そう思いつつ私は三人プラス荷車の一人を見送る。

「体《てい》よく利用されちゃったみたいね、不良冒険者の始末に」

リディナのその台詞《せりふ》で、私も気づいた。サブマスさんは、前々から目をつけていたあの男を捕まえるために、私たちを利用したのだと。

そう思うと、ちょうどあのタイミングで出てきたことも頷《うなず》ける。最初から囚人運搬用荷車を持ってきていたことも。

どっと疲れが出てきた。

「とにかく、今日は宿へ行こう。服はあとで私が買ってくるから」

リディナがそう主張した。そうしてもらえると、非常に助かる。今日はもう完全にキャパオーバーだ。

私は素直に頷《うなず》く。

「フミノは、やっぱり個室がいいよね。一人個室をとれる宿はちょっと高いの。確か一人一泊正銀貨一枚くらいはするけれど、いい？」

さすがリディナ、短い付き合いなのに、私のことをよくわかっている。とんでもなくありがたい。

私はさらにうんうんと大きく頷《うなず》く。

「あと、夕食は宿で食べるより、買って個室で食べる方が楽よね、フミノは」

うんうん、まさにその通り。便所飯はしたことがないけれど、保健室カーテン密閉引きこもり飯はよくやった。

「だから宿に行って、フミノに先に部屋に入っていてもらう。そのあと、私が服と食べ物を買い出ししてくる。それでいい？」

うんうんうん。大きく頷《うなず》く。

ああ本当にありがたい。リディナがいてくれて本当によかった。

この街は全体的に赤っぽい。焼き土の壁の建物と焼き土で固めた道路。

そんな素焼き色の街も、五分くらい歩くと色が変わった。

道路の色は変わらない。でも建物の色が、やや緑に近い白色へ。これは焼土の上に釉薬《ゆうやく》をかけてまた焼いているのだろう。陶器と同じだ。

また建物の大きさも、素焼き色の場所より心なしか大きい。

つまり、少し金持ちな街に入ったわけだな。そう私は察する。

その中でも比較的大きな建物の前で、リディナは立ち止まった。どうやらここが宿らしい。中へ入っていくリディナに遅れないようついていく。

リディナはそのままカウンターへ進む。

カウンター内にいるのは女性だった。ちょっとだけ安堵《あんど》する。

「いらっしゃいませ。ご用件はなんでしょうか」

「本日の宿泊。一人用個室を一つお願いします」

えっ、ちょい待って。

「私の部屋は？」

「フミノはここに泊まって。私は別のところに泊まるから。ここだと高いし」

ちょっと待ってほしい、リディナ。仲間だろう。なら、それはおかしい。

「リディナもここで。お金は出す」

「でも、もったいないし」

「駄目《だめ》」

仲間なのだ。だから、こういう場合は同じ条件にしないと。

「うーん、でも……」

リディナが遠慮していると、カウンター内の女性が口を開いた。

「それでしたら、コネクトルームはいかがでしょうか。可動壁でベッド二つの間を仕切ることができるお部屋です。二人用のベッドがありますので、正銀貨三枚になりますけれど、元は四人部屋ですから広く使えます」

なるほど、そういう部屋があるのか。便利そうだし、これ以上ここにいるのも疲れる。

そして、さらに高い部屋にすることにリディナは頷《うなず》きはしないだろう。だから、私は自分で口に出して返答する。

「それで」

えっ、とリディナが言いかけたが、知らんぷりをしておく。

「お食事はどうなさいますか」

「いらない。部屋だけ」

「かしこまりました。正銀貨三枚になります」

収納してあった正銀貨を三枚出した。

「はい、確かに。預かり証はこちらになります。それでは、お部屋へご案内いたします。荷物をお持ちいたしましょうか」

「いい」

私の荷物はほぼアイテムボックス内だし、リディナの荷物は肩掛け袋のみ。なので持ってもらう必要がない。

受付の彼女がカウンターから出てきた。どうやらそのまま案内してくれるようだ。

彼女は奥の階段をあがり、廊下を歩いて奥から二番目の扉を開けた。

「それではこちらになります。今は二部屋が繋がっている状態です。中央の壁を出せば、個室二部屋になります。動かしておきましょうか」

「そのままで」

ここも、私が答える。

「わかりました。それでは失礼いたします」

彼女が出ていったところで、私はベッドにダイブする。

うん、なかなかいいマットだ。それなりに柔軟性《じゅうなんせい》がある。しかも、ちゃんと布に綿か毛の布団もある。これだよこれ！

「本当にいいの。かなり高い部屋だけれど」

寝たままでは会話しにくい。私は頬《ほお》でベッドとベッドシーツを確認する作業をやめて、半身を起こした。

「リディナは仲間。だから同じ待遇」

「でも個室二部屋より高いよ」

「これなら、二人で話ができる」

リディナ相手なら、かなり話せるようになった。

これは恐怖耐性ではない。リディナに慣れたおかげだ。

「これからどうする？」

「まず、ラベルゴ家へ行って、自分の荷物と今日までの賃金を取ってくる。たいしたものはないけれどね。あとはフミノの服を買って、夕食と朝食を買って帰ってくるつもり。それでいい？」

なるほど、リディナにはそういう作業もあるのか。それなら……

「一人で荷物持てる？」

そこが心配だ。リディナは、アイテムボックスのスキルを持っていない。

「ラベルゴ家まで行けば、自分の自在袋があるから大丈夫。フミノみたいに、あんなにたくさんは入らないけれど」

「あと服のサイズ、大丈夫？」

私は行かないので、そこも心配だ。

「え、普通の服なら問題ないよね……そうか」

なんだろう。リディナが一人でわかったような顔をしている。

「一般的な服は、かなり調整が利くようになっているのよ。そうすれば長く着られるし、いざ着られなくなっても売りやすいしね」

なるほど、そんな構造になっているのか。なかなか合理的でいい。

「でも、デザインとか材質とか数とかはあるよね。どんな服が何着くらい必要かな。あと、夏用とか三季《さんき》用《よう》とか」

「目立たないやつ。値段次第」

なにせ私は相場がわからない。デザインも知らない。

「うーん、一般的で実用的な服なら、正銀貨一枚くらいかな。もちろん、古着だけれども」

「五着くらい欲しい。下着なんかも含めて、ごく普通の外見で持ちがよさそうなの」

「普通の外見で持ちがよさそうなもの、上から下まで五着ずつね。三季用《さんきよう》四着と夏用一着でいい？」

そんなものかな。私は頷《うなず》く。

少しは余裕があった方がいいだろう。それに、食事も買うし。

私は正銀貨十枚を取り出してリディナに渡した。

「いいの、こんなに」

「私の収入はリディナの収入。仲間だから」

本当は、仲間として収入もきれいに二分して渡したい。しかしリディナは防犯上、必要以上は持ち歩きたくないと主張した。結果、現状では私がほぼ全額を持っている。

なお、私はまだリディナを完全に信じてはいない。今渡したお金だって、持ち逃げされるだろうかと心のどこかで思っている。

ただそれでも構わない。リディナはここまで充分仕事をしてくれた。

ギルドで冒険者証も作った。お金も無事手に入った。

最悪の場合でも、服は明日、自分で店を探せばいい。

「わかった。それじゃ行ってくる」

リディナが行ったので、私はもう一度ベッドにダイブする。

正しい寝具の感触を確認しながら、ようやく訪れた一人の空間に、心からほっとしつつ。

リディナ相手なら確かに話せる。でも、所詮《しょせん》私は私。他人と一緒だと、ゴリゴリ精神が削《けず》られるのだ。

リディナであっても、それは同じ。削《けず》られる量は、他の人よりは少ないけれども。

あとこのベッドマットが心地いい。葉っぱや草を敷き詰めただけの寝床とは段違いだ。さすがちょっといい宿屋だけある。

なんとしても寝具一式も入手しないと。

そう思いつつ、私は一人の空間と、この世界初めての感触を堪能《たんのう》する。

同時に考える。この世界で私はどう生きていくべきだろうかと。

アイテムボックスで獲物を捕らえて生きていく。これが、今のところ一番簡単だ。

しかし、それならアイテムボックス以外にも魔獣や魔物とやりあえる能力が欲しい。

今のままでは近接戦闘ができない。接近されたら終わりだ。

寝っ転がったまま、改めて自分のステータスを見る。

スキルのアイテムボックスが極２になっていた。散々使ったから、レベルが上がったようだ。

極１から極２で何が変わったのだろう。あとで試してみる必要がある。

使用可能な魔法のレベルは、全部２のままで変わりなし。

魔法は増えているけれど、レベル２まで。

この辺のレベルはどうすれば上がるのだろうか。それとも上がらないのだろうか。

ステータスを確認する。身体関係の値《あたい》がいくつか上下していた。

HP：150　MP：200　STR：65　VIT：65　DEX：60　AGI：63　INT：62
職業：魔法使い　装備武器：なし　ATK：51　装備防具：なし　DEF：50

STRなどに表示されている数値は偏差値だと、大事典に書いてあった。この世界の十五歳から三五歳までの成人女性を母集団とした偏差値らしい。

そして、私の能力の初期値は上位十パーセントの能力に設定した、とも書いてあった。偏差値63というのがこの世界の上位十パーセントにあたる値《あたい》なのだろう。

つまり、力や持久力が当初より少し上がり、器用さと知力がちょい下がったわけか。昨日まで誰とも会わずに野生の暮らしをしていたから仕方ない。

こんなに体力に恵まれているなら、剣術や格闘技なんかをやっても、そこそこ強くなれるだろう。

でも、私が人に教わるのは無理だ。

そうなると、やっぱり魔法だろう。魔法である程度戦えるようになりたい。

しかし、今まで覚えたレベル2までの魔法は、今ひとつ戦闘に向かない。

強《し》いて言えば、火魔法のレベル2、火炎魔法が使えるかな程度だ。ただ、目標の場所に向かって一秒程度集中する必要があるから、動きが速い敵には使えない。

大事典には、レベル2までの魔法しか載っていない。でもそれは仕方ない。

大事典は対人恐怖症で会話できない私のために、神様がレクチャーの代わりとしてくれたもの。

要は、この世界の初心者用だ。

それ以上の魔法は、この世界で入手して覚えるしかないのだろう。その辺については、あとでリディナに聞いてみよう。

リディナに聞くで思い出した。明日、リディナと買いたいものの一覧を作っておこう。今日のうちに渡しておけば、明日の予定を考えるのに楽だろう。

日本時代に使っていたノートとシャープペンシルを出す。

ベッドと布団は是非《ぜひ》欲しい。ナイフとまな板、鍋《なべ》なんかも。あとは主食、まずはパンを大量に買っておこう……

考えながら、ノートに欲しいものを記載して、優先順位を考える。

なんとかリストを作り上げた頃、コンコンコン、と扉がノックされた。

心臓がぎゅっと縮こまり、そして気づく。リディナだろう。だったら心配ない。

でも一応聞いてみる。

「リディナ？」

「うん、買い物は終わったよ。開けていい？」

間違いなくリディナの声だ。

「大丈夫」

一拍《いっぱく》おいて、扉がゆっくりと開く。

「ただいま」

リディナが入ってきた。微妙に疲れた様子だ。

「何かあった？」

「大変だったのよ。ラベルゴ家の当主一行が死んだことが、審判庁経由で流れたらしくてね。行ったらもうみんな、未払いの給金代わりに金目のものを持っていってしまっていたの。私が探しても、宝石類とか高い絵画とか、給金の代わりになりそうなものはほとんど残っていない状態で。仕方ないから鍋《なべ》とか包丁《ほうちょう》とか、金属系で少しは売れそうなものだけ持ってきたけれど、これじゃ二束三文って感じね。かなりマイナス」

ちょっと待ってくれ。鍋《なべ》に包丁《ほうちょう》だと。

それはそれは……私にとっては、非常にありがたい。

「鍋《なべ》や包丁《ほうちょう》が欲しかった。ありがたい」

「本当？　慰めてくれているんじゃないよね」

リディナ、ジト目で言わないでくれ。うう……説明したい。でも、うまく言葉が出てこない。私は会話は苦手なのだ。だから、代わりに先程ノートに書いたメモを出す。

「明日買いたいリスト」

リディナは私が書いた欲しい順のリストをさっと眺《なが》める。

「なんでこんなに必要なの？」

「生活道具が欲しい。ここへ来るとき、ほとんど何も持っていなかった」

「こんなに買って大丈夫なの？」

「アイテムボックスなら余裕」

あ、リディナ、笑った。

「なら、今すぐ行こう。このリストの半分以上は、無料で手に入るよ」

どういうことだろう。わからないので、リディナを見る。

「私の給金は、ここ二ヶ月未払い状態。でも、ラベルゴ家は跡継ぎが誰もいない。つまり、代わりに給金を払ってくれる相手はもういない。だから、私はラベルゴ家から給金に代わるものを持っていく権利がある。そして今、家は金目のものこそなくなったけれど、日常品や持ち出せなさそうな家具はそのままよ。持っていき放題！」

ちょっと待ってくれ。

「盗みにならない？」

人のものを勝手に持っていくと盗みになり、ステータスに『盗賊』とついてしまう。そうなれば、この世界ではまともな仕事に就《つ》くことはもちろん、大きな街に入ることすらできなくなる。

「未払いの給金代わりとして持っていくのは正当な行為よ。それに、二ヶ月分の給金よ。持ち出しにくいものや誰も持っていかないものなんて、全部かき集めても、私の未払い給金の額にならないわ。運び出す手間賃がかかるし、中古だと買いたたかれるし。つまり、いくら持っていっても問題は全くない。わかった？」

リディナはそう言い切って私の方を見る。

わかった。思い切り理解した。だから、私は頷《うなず》いて立ち上がる。

リディナも頷《うなず》いた。

「それじゃ行こう！」
リディナにひっついて、私も急ぎ足で歩き出した。

五分ほどでそこそこ大きい三階建ての商家に到着した。

リディナの案内で各部屋を回りながら、よさそうなものをアイテムボックスに入れていく。

寝心地がよさそうな天蓋付きベッド、高そうな羽毛布団など寝具一式付きを二台、それ以外のベッドや寝具も、ごっそり十組以上。さらに分厚くいい感じの絨毯《じゅうたん》、洗面道具一式、食器全部やカトラリーなど残っているものを食器棚ごと。

火事場泥棒だな、まるで。そう思いつつも、とにかく使えそうなものを根こそぎいただく。

冒険者っぽい装備も、ちょっとだけだけれど見つかった。

首と肩、胸部分を防御するセパレート式の革製防具四組。腰につける幅太めのベルトと、ベルトに装着されたナイフ&ナイフケース三組。そして、そこそこ分厚いフード付きマント五着。

どれも埃《ほこり》まみれで一部カビが生えていたりもする。でも、洗って手入れをすれば使えそうだ。

これらを装備したら、少しは冒険者らしく見えるだろう。

あと、このマントはフードが大きめで私にはちょうどいい。かぶれば周囲からの視線を遮《さえぎ》ることができそうだ。今は汚《よご》れていてそのまま着用はできないけれど、あとで洗って使えるように手入れをしよう。

収納できるものはほぼ全部いただきつつ、家の中を一周する。

そして裏庭に出た。がっしりした木造の建物がある。

「これは何？」

「物置よ。大したものは入っていないと思うけれど、一応見てみる？」

どれどれ。

中を開けるとかなり埃《ほこり》っぽい。あるのは壊れた馬具、よくわからない棒、穴の開いた鍋《なべ》……そういったガラクタばかりだ。

ただこのガラクタは、魔法で金属加工ができるようになれば、何かの材料として使えるかもしれない。今はまだ私の技術や魔法では無理だけれど。

アイテムボックスの容量には余裕がある。念のため、いただいておこう。

ガラクタを収納したあとに残ったのは、がらんとした埃《ほこり》っぽい物置だ。広さは十二畳くらいだろうか。

ふと思いついた。この小屋もいただいていこう。

冒険者をやるなら、野宿をするときもあるかもしれない。そんなときに、テント代わりになるだろう。

できるだけ埃《ほこり》とかゴミを一緒にしないよう念じながら収納だ。

「本当、なんでも持っていけるのね、フミノって」

リディナの声に、若干《じゃっかん》呆《あき》れが入っているような気がする。でも気にしない。火事場泥棒だろうと死体泥棒だろうとチャンスは無駄にしないのだ。

「まさか、建物の本館も持って帰るとか言わないよね」

さすがにそれはしない。理由は簡単。

「リディナの給与未払い分を超えそう」

そうしたらステータスに『盗賊』がついてしまう。それはまずい。

「持っていくことはできるってこと？」

頷《うなず》く私を見て、リディナはため息をついた。

「まさか、ここまでフミノが想定外だとは思わなかったわ。私と組むより、大商人のところとか貴族に仕えるとかの方が儲《もう》かるし、いい暮らしができるんじゃない。ギルドで相談すれば、紹介してくれると思うわよ」

「困る！」

ちょっと待ってくれ！　リディナと離れて、そんなところへ行くなんて！

リディナがいなければ、他人との交渉を全部自分でしなければならない。この街での常識だって、リディナ頼りだ。さらに言えば、リディナは今のところ信用しても大丈夫だと思える。

お金をちょろまかして逃げようと思えば、逃げられたはずなのだ。必要だと言われれば、言われた通りお金を渡しただろうから。

私は、いい暮らしなんて望まない。人に襲われることも騙《だま》されることも虐《いじ》められることもなしで、ささやかに不自由なく生きていければそれでいい。

だから今がいい。今のままがいい。

見ると、リディナが驚いたような顔をしていた。どうしたのだろう。

「何？」

「ううん、フミノが恐怖以外でそんなに強い調子で言うの、初めてだったから。それで驚いただけ」

そんなに強い調子で言ってしまっただろうか。

確かに本心で困ると思ったし、言われてみればそうかもしれない。

「ごめん、気をつける」

「ううん。私にとってはありがたいんだけれどね。それじゃ宿に戻ろうか。この家も全部見たし」

「うん」

頷《うなず》きながら思う。リディナと話すときも、もう少し気を遣おうと。

自分でもわかっているけれど、私の対話能力は最低に近い。

でも、せめてリディナにだけは嫌われないようにしないとまずい。

そのために、まずは第一歩。この家を案内してもらい、生活道具を入手できたお礼を言っておこう。

「リディナ、ありがとう。おかげで生活道具が揃《そろ》った」

本当は、もっと色々ありがとうと言うべきことがあるのだろう。しかし、私はそれを言語化できない。もしくは、その辺がわからない。だからこんな平凡かつ簡単な言葉になってしまう。

「こんなの大したことじゃない。私はフミノに命を助けてもらったんだし。でも、役に立ちそうなら嬉しいな」

こういった最後の一言に、対話能力の違いが出るんだな。

そう思いつつ、私とリディナはお互い頭を下げた。

「それじゃ宿へ戻ろう。疲れたでしょ、今日は。森からここまでかなり歩いたし、いろんなことが起きたしね」

頷《うなず》いて、そして気づく。普通の人ならここは何か会話が続くところなのだろう。

かといって、肯定以外にどう話題を出せばいいのかがわからない。

「そう言えば、今日の夕食にサンドイッチを買ってきたけれど、フミノはそれでいいかな。フミノの国でどんなものを食べているのかわからないから、とりあえず一番無難そうなのを選んだの」

なるほど、こうやって話題というのは作っていくのか。今後の参考にしよう。

そしてパンだ。ようやく、主食に相当するものが食べられる。

「楽しみ」

「だったらよかった。お薦《すす》めのお店があってね。ちょっと高いけれど、今日はいいかと思って、そこで買ってきちゃった。フミノは普段どんなものを食べているか、参考までに教えてくれない？明日の買い出しの参考にするから」

普段食べているもの、そう言われて、最近の献立《こんだて》を思い浮かべてみる。鼠肉と兎肉、鹿肉にその辺の葉っぱ……そう言いそうになって気づいた。それは違う。

きっと、私の好みを言えばいいのだ。

でも日本にいるときもろくな食生活ではなかった。

家だと菓子《かし》パンかカップラーメンで、あとは学校の給食。しかも、給食を教室に食べに行けない。

だから、給食室からこっそり持ってこられるパンと牛乳だけなんてのがほとんどだった。

ただ、ここでなんでもと答えるのは会話放棄だろう。そこで必死に考える。

「主食はパンも好きだし、米も好き。麺《めん》も割と好き。おかずは野菜多めで、少し味が濃いめがいい」

この一ヶ月、味付けしない肉ばかり食べていたので飽《あ》きた。実はそういう意味なのだけれど、伝わりはしないよな、多分。

「それじゃ明日、市場で探そうか。男の人がいないお店を選んで行くから安心してね」

本当にリディナ、ありがたい。心から私は思った。


大量の収穫を抱えて宿へ到着する。まあ、全部手持ちではなくアイテムボックスに入れているから、実際に抱えているわけではないけれど。

部屋に帰ったら、もちろん夕食だ。

「フミノ、平たくて大きな皿一枚とコップ二個を出せる？」

さっき屋敷から持ってきたから問題ない。ただし、食器やカトラリー類は入っていた食器棚ごと収納している
収納した水や土は任意の量を取り出すことができる。しかし、樹木を丸々収納してしまった場合、葉だけとか枝だけとか一部の幹だけという形でアイテムボックスから取り出すことはできない。

この『食器棚に収納された皿やコップ』は、どちらにあてはまるのだろう。

思った途端、気づいた。アイテムボックスのスキルがより便利になっている。

収納された樹木も枝の一部だけ、葉の一部だけを認識できるようになっていた。取り出すこともできそうだ。

アイテムボックスのスキルが極2に進化していたから、きっとそのおかげだろう。これなら、食器も自由に取り出せる。

収納済みの食器棚をアイテムボックス内で確認する。さらに棚を開けて、中の皿を認識した。うん、皿だけ取り出せる。同じ要領でコップも出す。無事成功。

「便利だよね、フミノって。あれだけのものを収納して、自由に取り出せるんだから。どこに仕舞っているか全然わからないけれど」

リディナはそう言いながら、皿にパンを並べる。合計四つ。さらに自在袋から瓶を取り出して、コップに中の白い液体を入れる。

これは牛乳だろうか。微妙に白さが薄い気もする。

パンをよく見てみる。

ここのサンドイッチは、私が想像するサンドイッチとは少し違う。細長い、ややハードなパンを横に切ったあと、さらに縦に切れ目を入れて、間に具を挟《はさ》む形だ。

具はたっぷり系。細切りや千切りになった大量の野菜の間に、ソースやチーズ、メインらしい肉っぽいものが入っている。

名前は忘れたが、ベトナムのサンドイッチと同じような感じかもしれない。

本で見ただけで、食べたことはないけれど。

「美味《おい》しそう」

「私の好みで選んだけれどね。それじゃ食べようか」

さて食べようか。そう思って、サンドイッチを見る。四種類とも全部違う種類のようだ。

困った。私はどれを食べるべきだろう。

どれを選ぶのが正しいというか、リディナの気を悪くしないだろう。

ああわからない。どうしよう……

「どうしたのフミノ、食べないの？」

うう……どうしよう。

「ひょっとして、苦手なものでもあるの？」

「それはない」

そこはあわてて否定する。どれも美味《おい》しそうなのだ。

「なら、最初はこれがお勧め。レバーペーストを使っていないから、くせが少ないよ」

そう言ってくれたので、ようやくそれを手に取る。

本当に美味《おい》しそうだ。

今までの、肉焼いただけと葉っぱ煮《に》ただけ、もしくは丸かじりなんてのとは、全く違う。

一気にガブリといく。野菜ソースの軽い酸味、野菜の甘みと苦み、塗られたバターみたいなものの旨味《うまみ》と塩味と肉の味。

うん、これこそ人間の食べ物だ。とっても美味《おい》しい。あと、パンの表面をさっとあぶってカリッとさせているところなんか、もう最高。

思わず顔がにやけてしまう。

「よかった。気に入ってくれたようで」

リディナも、サンドイッチを一つ取った。そして、ちょっと考えて私に言う。

「あと残り二個は半分ずつにしようか」

それは助かる。どちらを選ぶべきか悩まなくていい。

私はうんうんと頷《うなず》かせてもらう。口にはパンが入っていて、会話不可能だったから。

幸せの味を噛《か》みしめたあと、コップ内の白い液体へ。

おっと、これは牛乳ではなかった。ちょっと酸《す》っぱくて、そして甘みも感じる。少しだけくせがあるけれど、悪い味ではない。

「これは何？」

「乳清《にゅうせい》よ。チーズやヨーグルトを作ったときに出る薄い液。今飲んでいるのは、フルーツや水飴《みずあめ》を加えて味を調節したもの。牛乳より安いから、この辺では一般的な飲み物なのだけれど、知らなかった？」

「美味《おい》しい」

味は、日本にあった水で薄めるタイプの白い乳酸菌飲料に似ているかな。でもあの乳酸菌飲料も、ちゃんとしたやつを飲んだのは物凄《ものすご》く昔だから、よくわからない。

いずれにせよ美味《おい》しい。私の好みだ。このサンドイッチにとってもよくあう。

明日買いたいものがさらに増えたな。

幸い日用品はリディナのおかげで無料で揃《そろ》った。その分、食料にお金をかけられる。

そう考えて思い出した。手に入れた家財道具は、リディナの未払い給金の代わりだったよな、と。

そこで、私はリディナに聞いてみる。

「リディナ、給金の未払い金はどれくらいだった？」

「二ヶ月分で正銀貨二十八枚。今月の日割り計算分があるから、実際はもう少しかな。でも取り返す方法はないし、諦《あきら》めるしかないよね」

そういえば、今は何月何日かも知らない。大事典に書いてあったから、暦は太陽太陰暦、一ヶ月は二十九日か三十日だとは知っているけれど。

「今日は何日？」

「五月十五日で、三の曜日よ」

二ヶ月で正銀貨二十八枚なら、一ヶ月で正銀貨十四枚。その半分は正銀貨七枚か。なら、未払い分は合計で正銀貨三十五枚だ。

買い物その他で、リディナに正銀貨十枚を渡した。あと、この宿の宿賃で正銀貨三枚を使った。

でも、まだ私のアイテムボックスには正銀貨が五十一枚ちょっと入っている。

家財道具は無料ではなく、リディナの未払い給金の代わり。

それなら、私は代価を支払うべきだろう。

「なんで未払い金なんて聞いたの？」

ちょうどリディナが聞いてくれた。

頭の中でどういう台詞《せりふ》を言おうか必死に考えて、そして口にする。

「私が手に入れた家財道具は、給金の代替。その分はリディナが受け取るべき。だから」

「駄目《だめ》よ。それは受け取れない」

リディナの強い語調に、私は一瞬固まってしまう。

予想しなかった事態。怖い。

でも、なぜリディナが。

「なぜ？」

私の動きにくい口から、なんとかその質問を出す。

「フミノと私は仲間だよね。フミノはそう言ったよね」

うんうん。私は頷《うなず》く。

「フミノが魔獣や魔物を相手にして、私が人間を相手にする。だから対等な仲間。そうだよね」

その通りだ。またも私は頷《うなず》く。

「対等な仲間として、私はこのパーティの仕事をしたの。私たちに必要な家財道具を入手するために、入手できる場所の案内という仕事を。そして、フミノは私が案内した場所で家財道具を収納する仕事をした。つまり、これは私とフミノの二人がいなければできなかった仕事。違う？」

確かにその通りだ。私は頷《うなず》かざるを得ない。

「今言った通りよ。家財道具の入手は二人でやった。二人ともいないとできなかったお仕事。だから、私だけお金を受け取るわけにはいかない。わかった？」

私は頷《うなず》く。

そして思った。リディナを仲間として信頼していいかもしれないと。

信頼なんて言葉、実在の対象に使うのは久しぶりだ。初めてかもしれない。少なくとも向こうの世界では、私にそんな相手はいなかった。

「私は、そういうフミノの考え方は好きだけれどね。ただ、この国は甘い顔をしていると、もっとむしり取ってやろうという輩《やから》ばかりだから。その辺はまあ、私に任せてくれればいいけれど。あと、私に対して遠慮は無用だから。変にお客様扱いなんかしたら怒るからね。対等の仲間なんだし。私に対してと同じくらい、フミノ自身も大事にして。フミノ自身と同じくらい、私をこき使って。いい？」

私は頷《うなず》く。涙が出てくる。

悔しいとか悲しいとか感じなくなって以来、縁遠いものになっていた涙が。

リディナに出会えて、本当によかった。

凄《すご》く嬉しくてありがたくて、ちょっといつもと違う状態で、感情が落ち着かない。

「あ、ごめん。何か変なこと言っちゃった？」

リディナが涙している私を心配しているようだ。

いけない。リディナに心配させては。

「大丈夫」

なんとかそう言う。

でも、そう言っただけでは伝わらない気がした。だから少し考えて、付け加える。

「ありがとう」

本心でこの言葉を出すのも久しぶりだ。久しぶりすぎてかなり恥ずかしい。思わず手持ちのパンを一気食い。照れ隠しだ。

さて、次のパンを食べよう。さっき半分ずつにしたから選ぶ必要はない。

でも、リディナが取ってからの方が礼儀とかでいいのかな。そんなことをふと思う。

いや、リディナは遠慮は無用と言った。だから、勇気を出して取ろう。

私は手前のサンドイッチを手に取る。

口に運んだサンドイッチは、少ししょっぱかった。

涙のせいじゃない。調味料なしの食事が続いたからだ。そう思うことにする。

ついでに、話題と空気も少し変えよう。ちょうど疑問に思っていたことがある。

「この街は男性が少なすぎる。なぜ？」

少し鼻声になってしまったのは勘弁《かんべん》してほしい。

「ここロレンツォ伯爵領《はくしゃくりょう》は、大した産業がなくて、かなり貧乏なの。それで、領主の伯爵は他領へ兵を貸し出して金を稼《かせ》いだり、領地内の荒れ地を開拓させたりしているわけ。でも、開拓は適した場所が残っていないし、森林破壊でかえって荒れ地を増やしてしまうばかりで、全然うまくいっていない。それに、兵士や開拓団で働き盛りの男性を徴用するから、領内の産業がさらに悲惨《ひさん》なことになっている。まあ、徴用も貴族だの大商人だのは、なぜか免除《めんじょ》されているんだけれどね」

なるほど。それで女性ばかりなのか。

さて、なんとか涙も止まった。サンドイッチも全部美味《おい》しくいただいた。これで正常モードに復帰だ、多分。

「ところで、明日買い物をしたらどうする？　この高い宿にずっと泊まっているのももったいないでしょ。どこか行くところ、ある？」

乳清飲料入りのカップを片手に、リディナが私に尋《たず》ねた。

うんうん、もちろんだ。私は頷《うなず》く。

確かにこの宿は、ベッドの寝心地がいい。しかし、ここではお風呂に入れない。周囲に人も多い。これでは、部屋から出るたびに緊張する。

やっぱり、あの洞窟《どうくつ》に帰るのが正しいだろう。

「ベッドや食器棚なんかを仕舞ったということは、どこかにフミノの拠点があると思っていい？」

私はまたも頷《うなず》く。もちろん、あの洞窟《どうくつ》を念頭に。

あそこなら、トイレも風呂もある。ベッドも寝具も手に入れた。だから、この宿並みに快適だろう。

「その拠点って、どの辺にあるの？」

「森の中。リディナと会った場所から半時間くらい」

リディナは頷《うなず》く。

「森の中なら、狩りもしやすくていいかもね。またある程度狩ったら、冒険者ギルドに持っていけばいいし。食料はフミノが収納しておけば、傷《いた》んだり腐《くさ》ったりしないんだよね」

　私は頷《うなず》く。

「それじゃ、明日は食料や他に必要なものを買い出しして、それから森へ行けばいいかな。それとも、冒険者ギルドで何かいい依頼がないか一応見てみる？」

　ぶるぶる。私は首を横に振る。そんな、わざわざ他人と関わるようなことをするなんてとんでもない。頼まれても断固したくない。

「なら、明日買いたいものをまたメモしておいてくれると嬉しいな。そうすれば、私もそれを見ながら店を考えられるから。明日の朝、ここを出るまでの間でいいから、お願いしていいかな」

　確かに、もう一度整理して考えて、紙に書いておいた方がいいだろう。私は頷《うなず》く。

「片づけて寝ようか。その前に、そのコップ貸して。お皿も一緒に洗ってくるから」

「大丈夫」

　皿やコップの中身だけ収納する。

　これで、残ったのは綺麗《きれい》な皿とコップだけだ。

　この一ヶ月の間に開発した、アイテムボックスによる洗浄方法だ。布のように、汚《よご》れがしみ込むものでなければ、これで完全に綺麗《きれい》になる。

「これも魔法？」

「アイテムボックススキルの応用」

「なんかよくわからないけれど、便利ね」

言われてみれば確かに、収納で洗浄の代役をするのはわかりにくいだろう。

これがうまくできるようになるまでに、そこそこ試行錯誤もした。認識のやり方も工夫している。

しかし、その辺を的確に説明できる言語能力が私にはない。だから、リディナの台詞《せりふ》に曖昧《あいまい》に頷《うなず》くだけ。

あとは、コップと皿そのものも、アイテムボックス内にある食器棚の中に収納する。

「この真ん中の壁を引っ張り出すよ。フミノはその方が落ち着くでしょ」

リディナは今のやりとりで好きになった。会話もできる。

しかし、私が他人を苦手なのは変わらない。その辺もいつかは変わるのかな、リディナにだけは。

そう思いながらも頷《うなず》いて、そして気づいて立ち上がる。

リディナだけにさせるわけにはいかない。私もやらないと。

最後の壁を展開する前に、リディナが私に告げる。

「おやすみなさい」

「おやすみなさい」

なんとか私も返答できた。

第三話　生活の充実

カーン、カーン、カーン、カーン、カーン。

なんの音だろう。私は目を覚ます。感触が藁《わら》ではない。日本に戻ってしまっただろうか。ならまずい。すぐ起きないと。

目を開けながら、身体を起こす。あれ、ここはどこだ？

徐々に記憶が戻ってくる。そうだ、宿屋だ。街に出ようとして、リディナに出会って、宿屋に泊まったのだ。

ほっと安堵《あんど》の息をつく。窓の外から漏《も》れる光は、早朝特有の赤みがある。まだ早い時間のようだ。なら、先程のは朝五の鐘《かね》だな。街で朝一番に鳴らす鐘《かね》と、大事典に書いてあった。

久しぶりに熟睡《じゅくすい》した。どれくらいぶりだろうか。

三年以上ぶりではあるはずだ。少なくとも、家に母が新しい男を引っ張り込んで、その男が私を襲った日より前。いや、あの嫌な世界のことは忘れよう。

ここは、あの神社の神様が送ってくれた、別の世界だ。

アイテムボックスのスキルを使える。魔法も少し使える。それに、昨日リディナという仲間もできた。これが今の私の世界。

さて、目が覚めてしまったけれど、どうしようか。朝五の鐘《かね》なら、朝食の時間には早い。

仕方ない。大事典でも読んで時間をつぶすとしよう。

実はこの大事典、名称こそ大事典だが、実際は『異世界生活の初心者用手引き』のようなもの。

書いてあることは、この一ヶ月でほぼマスターしてしまった。

しかし他に時間を潰《つぶ》す方法はない。

欲しいもののリストに本でも付け加えておこうか。

できれば、新しい魔法を憶《おぼ》えられそうな本でもあるといいのだけれども。大事典に載っていた魔法は、レベル2までだったから。

ただ、本はこの世界では高価かもしれない。それに、まずは食料を優先しないと。

とはいえ、暇《ひま》つぶしにも本は欲しい。魔法の本は高価でも、娯楽本《ごらくぼん》なら安いだろうか。それとももう少し実用的な本ばかりかな。

本は好きだ。日本で図書室や図書館によくいたのは、逃げ場だからという理由だけではない。

この世界にも図書館はあるのだろうか。

あとでリディナに聞いてみよう。なんならちょっと寄ってみてもいい。

カンカン。外で音がした。目覚めたときの音より短く甲高《かんだか》い、各時半《三十分》時間を知らせる鐘《かね》だ。

一般的に、五半の鐘《かね》で庶民は起き出すらしい。

宿の中も、人が動き出した気配を感じる。

そろそろ準備をしよう。私はハンカチを濡《ぬ》らして顔を拭《ふ》く。

寝ているときは下着だけだったので、昨日リディナに買ってもらった服をアイテムボックスから取り出す。

ここでの服は、丈《たけ》が太股《ふともも》くらいまである分厚《ぶあつ》い丸首シャツ、袴《はかま》のように前後で結ぶタイプの太いズボン、薄いチョッキという三着の組み合わせのようだ。

ズボンとチョッキは紐《ひも》で縛《しば》るタイプなので、サイズに融通《ゆうずう》が利く。しかも着てしまえば割と動きやすい。その代わりあちこちを紐《ひも》で縛《しば》るので、着るのが少し面倒だけれども。

布地は袴《はかま》とチョッキは亜麻《あま》。下着は綿だ。色は下着が生成《きな》りのベージュでズボンとベストが薄い緑色。

手ぐしで髪をなんとなく整える。

鏡がなくて確認はできないが、まあこれでいいだろう。準備完了だ。

ついでにベッドの布団なども整えていたところで、壁を遠慮がちにノックする音が聞こえた。

リディナだ。

「起きている。大丈夫」

「なら、開けるね」

おっと、リディナ一人にやらせるのは申し訳ない。

急いで壁のところへ行って、一緒にたたむ。

「あ、フミノ、買った服に着替えたんだ」

こうやって見ると、リディナの服とほぼ同じデザインだ。

色は少し違っていてリディナのズボンとベストは、やや黄色に近い。

でも、つまりはまあ、これがこの国の標準的な庶民の服ということだろう。

「それじゃ、ご飯にしようか。あまり昨日の夕食と変わらないけれど」

「美味《おい》しかったから問題ない」

思わず本音が出てしまった。私らしくない。

「そう言ってくれると嬉しいな」

「あとで買いたい。私の収納なら、時間経過もない」

「なら、このお店にも寄るね。お皿とコップをお願い」

そうだった。私は昨日と同様の要領で、平皿とコップを出す。

リディナが出してきたのは、昨日と同じ飲料と、昨日とは種類の違うサンドイッチだ。

数は昨日と同じ四つ。

「これも半分ずつにする？」

そうすると悩まなくていい。

私は頷《うなず》いて、アイテムボックスを使用して、半分ずつに切り分ける。

それでは朝食の開始だ。

やっぱりパンは美味《おい》しい。人間、炭水化物がないと寂しい。

しかし、それだけではない。このサンドイッチは、野菜も、塗ったバターみたいなものも美味《おい》しいのだ。

中に挟《はさ》んであるのは、ハムのような塩漬け肉で、この塩味が美味《おい》しい。

なにせ一ヶ月間、味付けなしの焼いただけ、煮《に》ただけ、炒《いた》めただけのものばかり食べていた。

だから、味がついているだけで感動ものだ。それが美味《おい》しいので、なお感動。胃袋が小さくてあまり入らないのが悲しいくらいだ。

それでも、なんとかサンドイッチ半分ずつを四つと乳清飲料を食べ終える。

「ところで今日、どんなものを買いに行きたい？　食料を買うのはわかったけれど」

今日の買い物作戦についての打ち合わせ、開始だ。

「書いておいた」

私はメモをテーブルへ出す。

「この、食料と大雑把《おおざっぱ》に書いてあるのは？」

確かに、これは補足説明が必要だろう。

「どんなものを売っているのか知らない。鹿肉だけはある。それ以外はリディナに任せる。調味料も含めて」

肉だけは山ほどある。アイテムボックス内に鹿肉の各部位が、私の体重以上も。

「なら、そのあたりは実際に見て決めましょ。筆記用具はペンとインクでいいかな。鉛筆の方がいい？」

ペンだけでなく、鉛筆もあるようだ。ならば、普段使うのは鉛筆の方が楽だな。

「両方。あと紙も」

「わかったわ。あと、フミノは本を読めるの？」

うんうん、思い切り頷《うなず》かせてもらう。

「本は好き」

「少し高価だけれど、いい？」

「食料を一ヶ月分買った残りで、買えれば買いたい」

「わかったわ。私も、あれば読みたいしね」

絶対必要とは言わない。でも、買えればほしい。その辺のニュアンスを、リディナはわかってくれたようだ。

そう思ったとき、私は気づいてしまった。

リディナは読み書きもできれば、計算もある程度できる。

私は二十一世紀日本の出身だ。だから識字率が百パーセントに近く、簡単な計算は誰でもできることが当然だ、という感覚を持っている。

でもそれって、地球の歴史上では当然のことではないことを、私は本だのなんだので知っている。なら、この世界ではどうなのだろう。この世界の、この国の現在では。

そう言えば、手続きはほぼ全部リディナがやってくれた。街に入る際の書類もギルドでの書類も。

そしてリディナは私に、名前を書けるかどうかを聞いた。ついさっきも、本を読めるか聞いてきたし。

だとしたら、文字が書けない人がいる可能性は高い。私はリディナに確認する。

「この国、識字率はどのくらい？」

「国全体なら二割くらいかな。こういった街なら、もう少し高いかも。でも、なんで？」

やはりそうか。つまり、リディナはその二割に入っているのだ。

ならば、本来はそれなりの生まれ育ちだろう。それがなぜ、メイドなんてやっていたのだろう。

ただ、このことをリディナに聞こうとは思わなかった。

人にはそれぞれ事情がある。そのことは私自身がよく知っている。

リディナ自身が話してくれるまでは黙っているべきだろう。

それに、私は元々話をするのが得意ではない。

とりあえず、今の話題がそちらに入るのはごまかしておこう。

「それじゃ本は高い？」

「ものにもよるけれど、一冊正銀貨一～二枚ってところ」

うまくごまかせたようだ。なら、ついでに聞いてみよう。

「魔法の独習本みたいなもの、ある？」

「うーん。私、魔法の才能がなかったみたいで全然使えなかったから、よく知らないんだよね。やっぱり貴族でないと魔法は使えないみたいで。でも探せばあると思うよ。きっと高価だけれど」

ん？　ちょっと今のリディナの台詞《せりふ》に疑問を感じた。確か、ちらっとステータスを確認したとき、魔力はあったような気がしたのだ。

お節介《せっかい》と思いつつも、リディナのステータスをもう一度見てみる。

間違いない。ＭＰが三十あるし、風がレベル３、他はレベル１まで使用可能になっている。使用可能な魔法がないだけだ。

「リディナも魔法を使えるはず。魔法そのものを覚えていないだけ」

「ええっ。全く才能がないって言われたのに」

そう言われると、少し自信がなくなりかける。

しかし、ステータス上は使えるはずなのだ。だから、きっとそう言った方が間違っているはず。

「なら、魔法の独習本を探そう。どんなのがいいかな」

ちょっと待ってほしい。あまり簡単なものを買われては困る。そう思ってつい言ってしまう。

「レベル２までなら教えられる。私が」

「えっ、本当？　じゃあ、私にも教えてくれる？」

いきなり食いつかれてしまった。

こうなったらついでだ。それに今の状態なら、すぐ覚えられるはずだし。

大事典を見ながら教えれば、なんとかなる。だから、必要な本について確認しておこう。

「リディナは風属性はレベル３まで、他はレベル１まで使えるはず。私はレベル２までなら、どの属性も使える。それ以上はわからない」

「わかった。私に必要なのは、風のレベル３の魔法の本。フミノは、レベル３以上の魔法を使えるようになる本ね」

よしよし、わかってくれた。

それにしても、最初に私が考えたことから、随分《ずいぶん》と話が発展してしまったなと思う。

リディナが読み書きできるのは、この世界では普通なのだろうか。そんな疑問からはじまった会話だったのだ。それが、リディナに魔法を教える話になり、魔法の本を買う話になってしまった。全く予想外だ。

でも、まあいいかとも思う。リディナがそれで喜んでくれるなら。

この街に入れたのも、冒険者になれたのも、服や家財道具が手に入ったのも、全部リディナのおかげ。

これからの買い物だってお世話になる。さらにその先も、きっとお世話になりっぱなしだろう。

だから、私はリディナを失うわけにはいかない。

リディナは私がいなくても仕事ができる。けれど、私はリディナがいないと、原始野生ひきこもり生活一直線なのだ。

「それじゃ、まずは市場で食料を買って、それから図書館。それでいい？」

図書館は確かに楽しみだ。ただ疑問がある。

「図書館で調べたあと、本屋に行くの？」

「この街に独立した本の販売店はないのよ。この程度の街では、本の専門店なんて維持できないから。代わりに領立の図書館があるの。本以外に情報紙なんかも読めるし、気に入ったものがあれば買い取りもできる。正直、図書館というにはかなり小さいし、入場料に一人小銀貨一枚かかっちゃう。でも、この街には他に本を買えるところはない。だから、行っていい？」

「もちろん」

頷《うなず》きつつ返事をする。

なるほど、この国では本はそういうシステムで販売しているのか。

考えてみれば、確かに合理的かもしれない。

「ありがとう。久しぶりに本を読めるの楽しみ」

「私も」

リディナとは趣味も合うようで嬉しい。私も本は大好きだ。

この世界に来てから大事典以外まったく読めなかった分、読みあさってやろう。

ステータスで、ＩＮＴ（知力）も減ってしまったことだし。

ああ、この一ヶ月、生活に追われて忘れていた読書欲が蘇《よみがえ》ってきた。

そういえば、私は活字中毒だったのだ。

これは、なんとしても本を入手して読みあさらねばなるまい。

でもその前に、食料や生活必需品のお買い物が先だ。

「それじゃ、行こうか。市場は朝からやっているし、早い時間の方がものがいいよ」

「わかった」

私も立ち上がる。


そうだった。私は人が苦手だった。昨日は耐えられたから油断していた。

朝の市場は結構賑《にぎ》わっている。

ただ、客も店員も女性ばかりだ。だから恐怖耐性（2）で耐えられる。

それでも、怖くないというわけではない。耐えられるだけだ。

リディナも気を遣ってくれる。相手が女性店員でも必ず間に入ってくれる。

だから、なんとかなる。なるのだけれど、怖いし疲れる。

ある程度は、リディナがものや分量を見計らってくれる。しかし、より具体的な何かが欲しいときは、リディナに自分から言わないと当然手に入らない。

例えば米。短粒種の白米なんてのが売っていたので買ってもらった。

ただ、食料品でも私が知らないものはかなりある。

「リディナ、それ、何？」

それとは、壺《つぼ》に入った凄《すさ》まじい悪臭がする黒っぽい液体だ。これは果たして、口に入れていいものなのだろうか。

「魚醤《ぎょしょう》よ。においは酷いけれど、料理にちょっと使うと美味《おい》しくなるの」

ああ、これが魚醤《ぎょしょう》というやつか。前の世界にも、ナンプラーとかヌクマムとかしょっつるとかあったなあ。実物に接したことがないから知らなかったけれど、こんな悪臭がするのか。

他にも、見知らぬものを結構買っている。

塩とハーブにつけた背脂《せあぶら》の塊《かたまり》とか。ラーメンにでも使うのだろうか。

わからないから、リディナに聞いてみる。

「これはどうするの？」

「ラルドね。色々使えるよ。料理を炒《いた》めるのに使ったり、パンに塗ったり。朝食べたサンドイッチにも塗ってあったよね」

ラルドとはラード、つまり豚の脂肪《しぼう》のことのようだ。

これをパンに塗るのか。あのコクのある塩味の何かはラードだったのか。ちょっとカルチャーショックだ。

「バターは使わないの？」

「ラルドの方がコクがあって美味《おい》しいよ。それに、バターは高いしね」

うーむ、さすが異世界。そう思いかけて考え直す。

材料そのものは前の世界とそう変わらない。なら、単に私が知らないだけで、前の世界にも似たような食生活の場所があったのかもしれない。

どちらにせよ、買うものを細かく決めず、リディナに任せたのは正解だった。

もっとも、私は他人への恐怖に耐えることに必死で、あまり考える余裕はなかった。

各種のお酒らしきものまで買い込んで収納したあとは、いよいよ図書館だ。

「図書館と言っても期待しないでね。ここの領主はケチで貧乏で先見《せんけん》の明《めい》がないから、目先の儲《もう》けにならないことにはお金を出さないの。だから、アレティウムの図書館は国の命令上、とりあえず作りましたって程度。他の領地はこんなに酷くないから。隣のカンポ子爵領《ししゃくりょう》にあるシアノの図書館は、本棚が百以上並んでいるし。だいぶ前に一度行っただけだけれど」

つまり、リディナはこの領地以外も知っている。なおかつ、そんな場所でも図書館に行くくらいのインテリだったということだ。やはり何かあったのだろう。

さて、それでも図書館というからには、私は少しは期待していたのだ。しかし実際に行ってみると、予想を上回る酷さだった。

まずは、カウンターで二人分小銀貨二枚を払って中に入る。

中は幅二腕《四メートル》、奥行三腕《六メートル》程度の空間。昨日の宿の部屋をつなげた状態より狭いくらい。

そこに、四段の本棚八つ。奥に閲覧用らしい大テーブル。以上だ。

本棚八つのうち二つには、タブロイド紙のようなものが並んでいる。これが『情報紙』とリディナが言っていたものだろう。

小さいし蔵書数も少ない。日本なら、田舎の本屋だってこれより本を置いているだろう。いや、本屋ではなく個人だって、これくらい本を持っている人は普通にいた。

やはりこの国では、本は貴重かつ高価で珍しいものなのだろうか。

でも、リディナが言っていたな。隣は子爵領だけれど、もっとましな図書館があるって。

とにかく、この街ではここでしか本を買えない以上仕方ない。早速本棚を漁《あさ》りはじめる。

おっと、最初の本棚はもう駄目《だめ》だ。『ロレンツォ伯爵家名鑑』とか『イギタシオ初代ロレンツォ伯爵の功績』とか。手前味噌《てまえみそ》っぽい本ばかり。役に立たないし、読んでも面白くなさそう。当然パスだ。

次は辞書の類《たぐい》が半分。スティヴァレ国勢図会《ずえ》のような資料的な書物や、官報一覧のような国発行の資料類が残り半分。

この国勢図会《ずえ》は熟読すると案外面白いかもしれない。日本の国勢図会《ずえ》とはもちろん違うだろうけれど、きっとある程度は似たような内容だろう。

日本の国勢図会《ずえ》は統計資料たっぷりでなかなか面白い。この本も読めばそれなりに面白そうだ。

それにこの国のことをよく知らない私には、色々と参考にもなるだろう。

値段を見ると、正銀貨五枚だった。高いが買えない額ではない。こっそり候補として入れておく。

「フミノ、この辺どうかな」

どれどれ。リディナのいる棚へ行く。見ると魔法関係が上二つの棚に並んでいた。

「この魔法総論はあった方がいいよねきっと。あとはこの辺の……」

そして一時間後。

「フミノ、参考までに聞くけれど、残っているお金はどれくらい？」

アイテムボックスの中を確認すればすぐわかる。数える必要もないくらいだ。

「全部合わせても正銀貨一枚に足りない」

「食料を先に買っておいてよかったね」

思い切り頷《うなず》かせてもらう。まったくだ。

これで、リディナもかなりの本好きだと、非常によくわかってしまった。

ただ、私やリディナが悪かっただけではない。あの図書館の蔵書がなかなか曲者《くせもの》だったのだ。まともな本は、本棚五つかける棚四つ分しかない。しかし、そのまともな本が見事というか、選び抜かれた精鋭ばかりだったのだ。

魔法学をはじめ、学問の分野はほぼ全てをきれいに網羅している。さらに、小説などの娯楽本《ごらくぼん》も、棚一つだけれどどれも面白そうなタイトルばかりだった。

その結果、図書館だけで正銀貨四十枚ほどを散財してしまった。それが今の有様だ。

なお購入した本は――

『スティヴァレ国勢図会《ずえ》』
『魔法学概論　～基本属性編～』
『魔法学概論　～複合属性編～』
『風属性魔法の全て』
『攻撃魔法入門　上・下』
『原色マキノス・スティヴァレ魔物・魔獣図鑑　上・下』
『スティヴァレ全国地図帳』
『この曇天に約束を　上・中・下』（小説）
『素晴らしく不連続な日々』（小説）
『向日葵の少女』（小説）

といったラインナップだ。

「次に来たら、ボンヘー社スティヴァレ大百科事典」

「魔獣を狩ってお金を稼《かせ》がないとね。私も手伝えるようにならないと。ところで、食器棚の食器を一部出して、本棚にしない？」

「賛成」

この辺まで、私とリディナと意見が一致した。その点でも、リディナと出会えてよかったとしみじみ感じる。これなら、遠慮なく本代につぎ込んでも怒られない。ふふふふふ……

昨日通った門を出る。ここからは昨日通った道だ。

いや、街の場所がわかったから、もう少し近道ができるかな。偵察魔法を発動させて確認する。より近くて歩きやすそうな道がある。もちろん、正規の道ではなく獣道だ。しかし崖線《がいせん》や稜線《りょうせん》に沿っていて、起伏が少なく歩きやすそう。

ただし、微妙に問題がないわけでもない。

「フミノ、帰りは魔物とか大丈夫？」

リディナがタイミングよく聞いてきた。

「ゴブリンがいるけれど問題ない。いい収入」

「えっ。大丈夫？」

「今のところ五匹。問題ない」

ゴブリンが歩いているからこそ、人間も歩きやすい獣道になってくれたのだろう。

それに、偵察で事前に発見していれば、ゴブリンなど私にとっては単なる収入でしかない。

ただ、リディナにとってはそうでもないようだ。

「できるだけ遠くで片づける。安心して」

「フミノがそう言うなら、大丈夫だと思うけれど」

どうやらリディナにとってのゴブリンは、私にとっての大人の男性と同じような存在らしい。

なら、できるだけ見えないように始末した方がいいだろう。

リディナが私の対人恐怖症を気にしてくれるように、私もリディナのことを気にしよう。

「ゴブリン、どの辺にいるの？　あとどれくらい？」

「この先五十腕《百メートル》程度。もっと近づいたら埋《う》める。だから問題ない」

偵察魔法で確認。リディナの目に触れる前に、ゴブリンを穴に落とす。落としたら半分くらい土を出して身動きを取れなくした上で、収納した丸太を落として撲殺《ぼくさつ》する。

ゴブリンが死んだら、土とゴブリンの死骸《しがい》を収納する。あとは土を出して痕跡《こんせき》を埋《う》めれば完了だ。

この辺は、もはや慣れた作業だ。それほど気負わずとも、自然にできる。

「ゴブリンは片づいた。もう大丈夫」

「本当、フミノって強いよね」

いや、残念ながら強くはない。

「近接戦闘は無理」

「でも、そうなる前に全部見つけて始末できるでしょ」

もちろんそうだ。そうしないとやられる。だから私は頷《うなず》く。

「それなら強いじゃない」

どういう反応をすればいいのかわからない。

話題を変えさせてもらおう。

「行こう。もうすぐ拠点」

実際、あと五分の一《十二分》時間くらい歩けばあの洞窟《どうくつ》だ。

「ところでフミノの拠点ってどんな場所？　ログハウスか何か？」

そう言えば、説明するのを忘れていた。どんな場所かと言われると……

「崖《がけ》に掘った穴」

そう言って思い直す。それだけでは、あまりに悲惨《ひさん》な状態に感じてしまうだろう。

だから少し説明を付け加えよう。ちゃんと住めるお家だよ、とわかるように。

「風呂とトイレはある。あと部屋も増設予定」

これでも通じないよな。

「うーん、ちょっと想像しにくいかな。でもフミノが住んでいたのだからきっと快適だよね」

リディナはそう言ってくれた。しかし、どうだろう。個人の好みというものもあるから。

あまり期待されても困る。一応壁や床の処理はしているけれど、なにせ穴なのだ。

どう追加説明しようか考えている最中、私は気づいた。

監視魔法がゴブリンの気配をとらえている。今度は十四以上の集団だ。しかも、居場所がなんと私が住んでいた拠点の洞窟《どうくつ》。

どうやら私が出ていったあと、わずか一日ちょっとの間に、ゴブリンが見つけて住み着いてしまったようだ。

確かに、扉も床板も家具類も全部アイテムボックスに入れたから、洞窟《どうくつ》には自由に出入りできる状態になっていた。

しかし、まさかゴブリンに家を取られるとは。ちょうどいい洞窟《どうくつ》かもしれないが予想外だ。

ただし……マイナス方向だけではない。チャンスでもある。

これだけの数のゴブリンだ。全部魔石を採《と》ったらいい収入になる。なんとしても倒して魔石を手に入れよう。

拠点の手前、およそ五十腕《百メートル》。私たちは、ゴブリンに気づかれない程度のところで立ち止まる。

「どうしたのフミノ、またゴブリンが出たの？」

頷《うなず》いたあと、リディナに言う。

「静かに」

今くらいの声では、向こうまで届かない。それでも念のためだ。

さて、アイテムボックスで向こうにいるゴブリンを倒せるか。

考えるよりやってみた方が早いだろう。

ちょうど、別の方向からゴブリン二匹が洞窟《どうくつ》の前に来た。これで、洞窟《どうくつ》の中に六匹、洞窟《どうくつ》前に六匹になる。

まずはこいつらからだ。洞窟《どうくつ》前にいるゴブリン六匹が落ちるように土を収納する。

よし、六匹とも穴に落ちた。土中生物の分、魔力が減ったけれど仕方ない。

落ちたゴブリンの叫《さけ》び声《ごえ》を聞いてか、洞窟《どうくつ》から一匹出てきた。そしてそのまま穴に落ちる。続いたゴブリンは気づいて、洞窟《どうくつ》の入口で止まったようだ。

それでは、やつらを動けなくしよう。洞窟《どうくつ》の入口を塞《ふさ》ぐように、土を大量に出す。

結果、先程作った穴にも土がかぶさって、ゴブリンが埋《う》まった。これで一段落だ。

あとは、拠点にいるゴブリンの仲間が戻ってこないか、偵察魔法で周囲を探し回る。

三匹発見。拠点へ戻りつつある。他にはいないようだ。こいつらを片づけたら、拠点前まで行くとしよう。

「あと三匹倒したら、拠点へ行く。もう少し待って」

ささやき声でリディナに。彼女はうんうんと頷《うなず》く。

よし、それでは少し待つか。ただ蚊《か》などの虫が少し気になる。対策しよう。

私は、アイテムボックスから小さな壺《つぼ》と乾燥《かんそう》させた薬草を取り出す。

ちなみにこの壺《つぼ》は私が自作した。ある目的専用で、下部に小穴がいくつもあけてある。だから、液体には使用できない。壺《つぼ》の中に薬草を入れ、地面に置く。火の魔法で中の薬草に点火。壺《つぼ》の中から白い煙《けむり》が上がりはじめた。

「虫よけ。これで、ここにいても虫が近づきにくい」

「便利ね、これ」

「野外で活動するには必要」

これで安心して、ここで待てる。それほど待つこともないと思うけれど。

森から戻ってきたゴブリンが、拠点前に出た。その瞬間に、下の土を収納する。

穴に落ちたら、すかさず土を戻して埋《う》めて、これで作業は終了だ。

「ゴブリンを埋《う》めた。では行こう」

虫よけ煙《けむり》の壺《つぼ》を収納して、また歩きはじめる。

拠点前に出た。しかし洞窟《どうくつ》入口は埋《う》まっている。今はただ、森が切れて崖《がけ》の前が少し広場のように拓《ひら》けているだけの状態だ。

「到着」

リディナが周囲をきょろきょろと見回して口を開く。

「ここなの。でも、洞窟《どうくつ》は見えないけれど」

確かにその通りだ。だから、リディナに今の状況を説明しておこう。

「留守の間に住んでいた洞窟《どうくつ》を、ゴブリンに占拠された。今は土で塞《ふさ》いで中のゴブリンを閉じ込めている。これから、閉じ込めたり穴の中に落としたりしたゴブリンの始末をする」

リディナはびくっと震えた。

「なら、ゴブリンはまだ生きているの？」

「そう。でも、これから片づける」

やり方はいつもと同じだ。洞窟《どうくつ》の中の温度を上げまくってやるだけ。

床板とか調度類は全て収納して出た。だから、温度が上がって困るものは何もない。

ただ、洞窟内《どうくつない》の空間は広い。残念ながら、このまま熱分解可能な温度まで持っていくのは、魔力的に無理そう。そのため、ゴブリンが熱で全て倒れたところでおしまいにする。

それでは、洞窟《どうくつ》を塞《ふさ》いでいた土、収納！

とたんにむっとする悪臭が広がった。

「うわっ、なに、このにおい」

リディナの半《なか》ば悲鳴に近い声がした。確かに酷いにおいだ。とっさに風魔法で臭気を散らす。

理由はすぐにわかった。

「ゴブリンを倒したせい」

ゴブリンはそのままでも臭いが、生焼け状態になるともっと臭いようだ。こんな形で確認はしたくなかったけれど。

とりあえず、風魔法で洞窟内《どうくつない》の換気をしまくりつつ、中にあるゴブリンの死骸《しがい》を個別に燃焼させる。

完全にゴブリンの死骸《しがい》を燃やし尽くし、魔石を回収する。さらに散々換気をして、ようやくにおいが気にならなくなった。これで、ゴブリンの痕跡《こんせき》消去作業は終了だ。

「拠点を復元する」

床板やテーブル類をアイテムボックスから出して並べる。だいぶ住処《すみか》らしくなった。

ただし、家具の中でも草ベッドは出さない。リディナのおかげで、もっといいものを仕入れたから。

戸の部分一式も出して、周りを土で固めれば拠点復元、完成だ。

「なるほど、こうなっているのね。もう入っていい？」

いや、まだ仕事が残っている。

「あと七匹、ゴブリンを埋《う》めたままにしている。これから、魔石を収納する」

一度収納した土は、生物がいないので魔力は減らない。だから、気軽に収納できる。

埋《う》まっているゴブリンを熱魔法で処理。死骸《しがい》を回収して、アイテムボックスにあった他のゴブリンの死骸《しがい》とまとめて出す。あとは、焼いて魔石を取り出せば一件落着だ。

これだけやっても、魔力はまだまだ残っている。この世界に来たばかりの頃と比べて、だいぶ魔力が増えたから、割と楽勝モードだ。

ただ、お家を拡張するには魔力が足りない気がする。少し休憩《きゅうけい》して回復させてからの方がいいだろう。

「それじゃ、中に入って一休みしよう。それから、少し拠点を拡張する」

具体的には、新たにリディナと私の個室をそれぞれ作るつもりだ。私は独りになれる場所がないと落ち着けない性質だから。

とりあえず拠点の中に入って、そして一息つく。

「こうやって木の床に靴なしであがるのも、結構気持ちいいね。これって、フミノのいた国の文化？」

「そう」

日本の文化だなんてことまではもちろん言わない。言っても絶対通じないだろうし。

「あと、洞窟《どうくつ》なのに湿気《しけ》ていないし、汚《よご》れない。確かにこれなら、普通の家よりも快適かもね。トイレも臭わないし」

そこは、快適さを求めて試行錯誤した。

「壁も天井も焼土になるまで熱してある。触っても問題ない。換気口も整備済み」

「あと、個人用のお風呂があるってのは驚きだよね。あとで入ってみていい？」

「もちろん」

現在地は、洞窟《どうくつ》の最初に作った場所――便宜上リビングとしよう――に座卓を置いて昼食中だった。メニューは買ってきたサンドイッチだ。

既に食器棚を転用した本棚も、この部屋に置いた。今はまだ食器の方が多いけれど、そのうち完全な本棚にしてやるつもりだ。

「ただ、明かりも料理も水も魔法前提なんだよね。これって、本当に私が使えるかなあ」

リディナの言葉を聞いて思い出す。そうだった。リディナに魔法を教える約束をしていたのだ。

私の魔力が回復するまでの間、基礎的な魔法を教えることにしよう。

教本として大事典を出してと。

「それ、なんの本？　読めない字で書いてあるけれど」

日本語で書いてあるから、当然リディナは読めない。

一応リディナのスキルには、自然言語理解（2）がある。しかし、これはこの国の言葉を読み書きできるというものだ。

一方で私の自然言語理解（5）は、どんな自然言語であろうと、読み書き可能というレベル。

　エスペラントのような人工言語やC言語、Python《パイソン》といったコンピュータ言語が使えるかまでは定かではない。とはいえ、この世界にはそんな言語はないだろうから試せないと思う。

「基本的な教則本。私が元いた国の言葉で書いてある。この世界の基礎知識の他、レベル2までの魔法まで載っている」

「これを読めば、私も魔法が使えるようになるわけ？　でも、この文字は私には読めない」

「問題ない。私が教える」

　使用可能なレベルまでなら、すぐ覚えられるはずだ。

「まずは最初、火の基本魔法で灯火《とうか》」

　今日これからでどれくらい覚えられるだろう。私はレベル1を五つ覚えるのに一時間かかったけれど。そう思いつつ、リディナへの魔法教育を開始する。

　リディナはなかなか優秀だった。少なくとも私より理解力があるし、物覚えもいい。たった三時間程度で、教えられる範囲の魔法をほぼ全部覚えてしまった。

「凄《すご》い、私でもこんなに使えるんだ。でも、あまり派手な魔法はないよね」

「レベル2までならこんなもの。私も、攻撃用魔法は今のところ使えない」

　私がチートなのは、アイテムボックススキルのおかげだ。それ以上ではない。

「でもそれじゃ、私が全く才能がないって言われたの、なぜだろ」

「わからない」

私に聞かれても困る。

「フミノの国の魔法と、この国の魔法の体系が、少し違うのかな」

そんなことはないはずだ。そもそも、この魔法は神様がくれた大事典に載っているもの。つまり、この世界の魔法そのものだ。

しかし、その辺の説明は少々面倒なので、ここは曖昧《あいまい》に頷《うなず》いておく。

さて、リディナに魔法を教えている間に、魔力がかなり回復した。

そろそろ拠点の増築作業に取りかかろう。

「これから、寝室を二人分作る。土を収納して穴を掘り、周囲を土魔法で固める。終わったら、火魔法で高熱にして表面を焼く。最後に、収納してある板を敷いて家具を出せば完成」

「そっか。フミノは寝室、個室が必要なんだものね」

その通りだ。リディナは理解が早くて大変助かる。

では個室だ。まず奥に廊下部分を作ろう。強度を考えて、形はトンネルのように天井がアーチを描く形で……

「これが個室？　細長いけれど」

「廊下部分。穴の強度を考えて、個室はもっと奥に作る」

土を収納したあとは、周囲を土魔法レベル２の突き固めで固める。

基礎魔法の踏み固めと違い、突き固めは下方向以外も固めることが可能だ。

リディナが気づいて、床部分を踏み固め魔法で固めてくれる。こういうことを言わなくてもできるのがリディナなんだよな、と感心する。

うんうん、とってもありがたい。これで、私の魔力を節約できる。

「固めたら焼いていい？」

「通風口を作ってから。熱気の逃げ場がなくなる」

「そっか」

実は、私はそれで一回失敗している。

収納して固めて焼いて、さらに床に板を敷いて――

そんな作業を繰《く》り返すこと一時間。私とリディナ、それぞれの個室が完成した。

広さは、日本の感覚だと一部屋が十二畳程度だ。置きたい家具を無理なく入れるという基準で考えた大きさだ。

床はその辺の木をアイテムボックスで板にして敷き詰めたもの。しっかり敷き詰めたから、滑《すべ》らないし触り心地もいい。あと、木の香りがいい感じだ。

壁と天井は、魔法で突き固めたあと、焼いただけ。植木鉢《うえきばち》のような淡い赤色だ。素焼き状態だから、適度に湿度を調節してくれる。

穴の中なので、気温も外より安定している。まあ、気温は魔法でなんとでもなる。

窓はないけれど、各部屋に通風孔付き。

家具は、今のところベッド、机、テーブル、棚。いずれも、リディナの勤務先でいただいた、そこそこ高級品だ。

「いい部屋だよね。女中部屋とは比べものにならない。個室だし、広くていいベッドだし、テーブルまでついているし」

「調度品は、リディナのおかげ」

ベッドも小机《こづくえ》も、あの屋敷からいただいてきたものだ。

「ううん、フミノのおかげだよ。私じゃ持ってこられないし」

うんうん、リディナはそう言ってくれる。だからこそ仲間だと思える。こういう感覚は、なかなか心地いい。

もちろん、いつか裏切られるだろうかという不安は消えない。これは、私だから仕方ない。

でも、それでもいいかなと感じる。今この心地いい気持ちでいられるなら。

「それじゃ、外も暗くなってきたし、夕食を作ろう。今日は私が作るよ。フミノには、いい部屋も作ってもらったしね」

「魔力、大丈夫？」

水を出すのにも、熱を加えるのにも、魔法が必要だ。

「大丈夫大丈夫。大きな魔力が必要な部分は、ほとんどフミノがやってくれたでしょ。それに、こう見えても元オールワークスメイドだしね。料理にはそこそこ自信があるの」

オールワークスメイドとはつまり、掃除《そうじ》や炊事《すいじ》、来客対応まで全部任されていたということだ。

だから基本、何でもできるというわけか。

もちろん、勤めていた家がケチだった、というのもあるかもしれないけれど。

なら、任せてしまおう。

こういった方面は、圧倒的に私は経験不足だ。なにせ、向こうでもこちらでも、リディナと会うまではまともな食事を食べていなかったから。

「材料、何が必要？」

「確か鹿肉があるって言っていたよね。それも、新鮮なのが各部位って。あ、でも、その前に貯蔵庫を作ってもらっていい？　お肉や調味料を漬け込んだり、熟成させたりするのに使うの。台所の近くに、横穴を斜め下方向へ掘って、一番下に氷を置いて中を冷やす形。持ってきた棚の一番小さいのを入れられるくらいの大きさでお願い」

なるほど、アイテムボックスでは熟成とか漬け込みができないから、貯蔵庫が必要になるわけか。

私では思いつかない、料理ができる人ならではの発想だ。

リディナの今の注文くらいだったら、作るのは簡単だ。イメージして、土を収納すればいい。

あっという間に、下向きに下がること半腕《一メートル》、高さ一腕《二メートル》、幅半腕、奥行き一腕程度の穴ができた。

また、下向きに下がる部分に階段を五段作った。これで、滑《すべ》らず降りられるだろう。

「ありがとう。これくらい大きいと便利だよね。あとは他の穴と同じように、突き固めて壁を焼いて欲しいかな。下部分は私ができるから、他の部分をお願い」

「わかった」

私だけでなく、リディナも部屋作りで慣れた作業だ。あっさり作業は終了した。

なお、中を焼いたときの熱気は、風属性魔法を使用して通風孔経由で強制換気する。最後に、リディナがさっき言った棚を入れれば完成だ。

「ありがとう。これで思い切りやりたいことができる。それじゃ、モモ肉とスネ肉を出して。どっちも、大体私の片腕の肘《ひじ》より先くらいの大きさで。明日以降に向けての下拵《したごしら》えや熟成もしたいから、塊《かたまり》でお願い。あとは調味料全部、ハーブ全部、小麦粉一袋、パン三斤《きん》、玉子、ニンジン、タマネギ、オリーブ粒一袋……」

随分《ずいぶん》使うんだな。何を作るのだろう。わからない。でも楽しみだ。

さしあたっては、言われるままにどんどん材料を出していこう。そうしないと、何を出すのか忘れてしまいそうだから。

そうだ。こういうときに仲間ならこう言うのだろう。思いついたので、リディナに声をかける。

「手伝おうか」

「大丈夫大丈夫。それに、思い通り作れるのなんて久しぶりだからね。自分でやってみたいの」

なら、待つのが正解なのだろう。理解した。

そして、こういうときは万能の言葉を一応言っておいた方がいいのだろう。

「ありがとう」

ただ、私は人に何かしてもらうという経験があまりない。だから、どうしても落ち着かない。

リディナがそう言ったのだから、気にしないでいいとは思うのだけれども。

今いるリビングは、先程少し模様替えをした。ベッドスペースがなくなり広くなった分、テーブルと食器棚、本棚が増えた。

リビング全体も少しだけ広げた。床板も前と異なり、滑《すべ》らないようきっちり敷き詰めてある。

あと、全ての通風孔には、虫が嫌うハーブを設置した。

だから以前よりさらに快適……なのだが、私はやっぱり落ち着かない。

しかし、リディナが手伝い無用と言っているのだ。

料理中だから、埃《ほこり》が出るような作業をしてもまずい。

仕方ない。本を読もう。本棚予定の食器棚を見る。

小説や魔法の本では、つい夢中になってしまう可能性があるから地図帳にしよう。

まずは、この国の全体地図を見てみる。

スティヴァレ国は、大陸の南側にひっついた細長い半島状の国なのか。北側は険《けわ》しい山地で、他は海で他国と隔てられている。

私がいる場所はどこだろう。確か街の名前はアレティウムで、ロレンツォ伯爵領だったよな。

じっくり見て探す。あまり大きい領地ではないらしく、なかなか見つからない。

何回も見てようやく発見した。北端から南に三分の一くらいの場所で、東西のちょうど中心くらい。

山の中、小さな盆地を中心とした場所に、ロレンツォ伯爵領と記載されている。

周囲はひたすら山地だ。南側に川が流れていて、その部分に太い道も描かれている。この道はいくつかの街を経由して、最終的には王都ラツィオへ繋がっている。

私がいるこの洞窟《どうくつ》は街の北西側にある。こちらにも細い道が描かれていた。

こちらを抜けると、直線距離で三十離《り》（六十キロメートル）程度のところに、フロレントという大きな街に出る。

フロレントは、地図で見るとかなり大きな街だ。南への道でこれほど大きな街は、百離《二百キロメートル》以上先の王都ラツィオまでない。確かに、商売でこの北西への道を通りたくなる気持ちも理解できる。

しかしこの道は、フロレントまで集落がない。そして、間は山地だ。魔獣が出て危険だというのも頷《うなず》ける。

いずれにせよ、今いる洞窟《どうくつ》の位置は、私の生活には悪くない。

地形的に魔獣は多そう。田舎で人が少ない。洞窟《どうくつ》から道には出やすいが、その道を通る人は少ない。

魔獣を狩ってひっそり生きるには最高だろう。

強《し》いて言えば、最寄りの街であるアレティウムで入手できる本が少なすぎるのが難点かな。そんな贅沢《ぜいたく》なことさえ思ったりする。

ところで、いい匂《にお》いがしてきた。胃袋を揺《ゆ》さぶるような匂《にお》いだ。これはたまらない。

こっそりリディナの方を見る。うむ、かなりの大作業だ。

大量に出した肉の半分以上は、塊《かたまり》のまま加工中で、何かに漬けたり何かをまぶしたりといった下《した》拵《ごしら》え状態になっている。

いくつかの鍋《なべ》で湯気《ゆげ》を立てているのはなんだろう。スープにしては粘性《ねんせい》が強そうだ。肉やハーブの香りの大部分はきっとこの鍋《なべ》にちがいない。

香ばしいのは、パンを加工しているせいだろうか。パン粉らしきものまでできている。どうやら、買ったパンで自作した模様だ。

とりあえず理解した。私が手伝えることは何一つない。何をどうしているのか、これからどうするのか、まるでわからないから。もうお任せするしかなさそうだ。

「あ、フミノ、お腹空《す》いた？」

しまった。リディナに覗《のぞ》いているのがばれてしまった。

「大丈夫」

「もう少しで今晩分ができるから、待っていてね」

落ち着かないけれど仕方ない。地図帳を見ながら待つ。

明らかに何かを揚《あ》げる音と匂《にお》いがした。先程のパン粉を使っているのだろうか。

随分《ずいぶん》凝《こ》った料理を作っているような気配がする。

いったい何を作っているのだろう。座卓についていると、高さ的に調理状況を見ることができない。気になる。

おっと、リディナが鍋《なべ》とか皿とかを保管庫に運びはじめた。

「手伝う」

「大丈夫よ。すぐ終わるし」

自在袋に一度全部入れてから、保管庫で出す形で運んでいる。確かに、これならすぐ終わりそうだ。

保管庫でリディナが魔法を使った気配もする。どうやら氷を作ったようだ。

リディナはさっき魔法を覚えたばかりなのに、もう使いこなしている。

なにせこの家は、料理も魔法を使わないと作れない。水も魔法で出さないといけない。

そんな中で、リディナは魔法を使って揚《あ》げ物《もの》や煮物《にもの》を作っている。

このままでは、私が抜かされる日も近そうだ。

でも、それならそれでいい。リディナが喜ぶなら。

「できたよ。魔法で思った以上のことができるから、ついつい作りすぎちゃったけれど」

どれどれ。

「おおーっ」

思わず変な声が出てしまった。もちろん悪い意味ではない。

メインはでっかいカツ。それに、茶色い具だくさんのソースがかかっている。

黄色かったらカツカレーになるのかな。いや、そえられているのはご飯ではなくパンだから、そこも違うか。味も間違いなく違うだろうと思うし。

あとは、生野菜と半生っぽい肉が入ったサラダ。

これにも、何かわからないドレッシング風のものがかかっている。

さらに薄茶色のスープがついて、全部のようだ。

「これ、本当に食べていいの？」

つい、そんなことを聞いてしまう。私にはそれくらい豪華に見えた。

「当然でしょ。それじゃ食べよう」

ここのカトラリーは、地球の洋食用のものと少し違う。ナイフはもっとナイフっぽく、木の柄《え》がついた切れ味のよさそうなもの、スプーンは少し幅広、フォークはケーキ用にあるような二つ又だ。

ただ、使い方は同じだろう。

リディアの使い方を見ながら、真似《まね》して食べる。

まずは、やっぱりメインのカツレツから。やたら切れ味のいいナイフでばっさり切って、茶色いソースをつけて食べる。

おっと、肉の中は半生だ。そしてソースはドミグラスソース……というかビーフシチューだ。肉はビーフではなく鹿だけれども。

美味《おい》しい。間違いなく美味《おい》しい。

「美味《おい》しい」

「よかった。フミノ、野菜多めで味が濃いものが好きだと言っていたから、そういう方針で作ってみたんだよね」

それで、シチューとなったわけか。いくらでも食べられそうなくらいに美味《おい》しい。

では、サラダの方はどうだろう。フォークでひととおり突き刺して、ドレッシングっぽいものをつけて口に運ぶ。

チーズ系のドレッシング、というかソースだ。知らない味だけれど、これも美味《おい》しい。

いいのだろうか、こんなのを食べて。そう思ってしまうくらいに。

食事だけで、もう満足しそうなくらいだった。少なくとも私は満足した。

でも、リディナはお風呂に入りたそうだ。そして、リディナはここのお風呂を使うのは初めてとなる。

だから、今回は使い方の説明を兼ねて、私が魔法で掃除《そうじ》をしてお湯も入れた。

料理でかなり魔法を使ったせいで、リディナの魔力が残り少なかったし。

それから、先にリディナに入ってもらう。なぜ私が先に入らなかったのか。理由は簡単、お腹が苦しいから。夕食が美味《おい》しくて、ついつい食べすぎてしまった。

食べすぎたのって何年ぶりだろう。思い出せない。苦しいけれど幸せという、妙な状態だった。

毎日これではまずいだろう。でも、今の気分は悪くない。

「魔獣の住む森の中とは思えないほど優雅よね。こんなにお風呂が気持ちいいなんて思わなかった」

浴室は通路の奥で、リビングから見えない場所にある。しかし間に扉はない。だから普通に会話ができる。

「優雅なのはリディナのおかげ。夕食も豪華だった。家具も揃《そろ》った」

「ううん。フミノのおかげだよ。フミノがいなかったら、今頃私、魔狼に消化されているし」

「そうでもない。偶然」

そう、リディナを助けられたのは偶然だ。

たまたま私がその場にいて、たまたまリディナが魔狼の餌《えさ》として投げ出された。そんな偶然のおかげ。

リディナがいなくても、私は魔狼を退治しただろう。魔狼はやはり私を迂回《うかい》して馬車を襲い、リディナが乗っていた馬車は全滅したにちがいない。

リディナがそうならなかったのは、たまたまだ。

「フミノは遠慮しすぎだよ。もっと自分を大事にしないと。見ていて危なっかしく感じる」

そうなのだろうか。

「そうでもない。それに、何かあってもこの森に戻ればなんとか生きていける。だから問題ない」

「そうじゃないのよ。いや、フミノにとってはそうかもしれないけれど」

何がそうじゃなくて、何がそうかもしれないのだろう。

私には、リディナが今言ったことがよくわからない。

「フミノはこれからどうしたいの？　どこか行きたい場所とかある？　それとも、何かやりたいことがある？」

それなら簡単だ。

「ひっそり静かに生きていきたい。それでいい」

誰にも襲われず、静かに平和に。それで充分すぎるくらいに充分。

今の状況なんて、充分を通り越して何か間違っていないかと不安になるくらいだ。

「うーん」

リディナが唸《うな》っている。何を考えているのだろう。ひょっとして、今の私の答えが何か気に入らなかったのだろうか。

ここで、リディナに離れられては困る。

確かに街にも入れるようになり、冒険者ギルドに登録もできた。

それでも、私はこの世界の知識が足りない。他人が怖いのも相変わらずだ。料理すらまともに作れない。

どうすれば、リディナが離れていかないだろう。

わからない。今までリディナのような存在が、私にはいなかったから。

「それじゃ、これならどうかな。フミノは本が好きだよね。今ある本を読み終わったら、もっと別の本を読みたいと思う？」

「思う」

これは即答できる。

「なら、次に持っていくものが溜《た》まったら、また本を買いに行こうか。もしいいのがなければ、注文してもいいし」

予想外の言葉が出てきた。

「注文もできる？」

「もちろんよ。こういった本が欲しいと言えば、取り寄せてくれるわ」

それは朗報だ。

本は好きだ。自分で落ち着いてゆったり読めるなんて、最高だと思う。

次は小説をもう少し多めに仕入れたいかな。

でも、第一候補はやっぱり百科事典だ。間違いなくお高いけれど。

「楽しみ」

「なら、頑張《がんば》ろうね。私も早く魔法を覚えて戦えるようになるから」

「わかった」

うんうん、リディナとの会話はうまくいったようだ。それにしても新しい本、楽しみだな。

では、お腹の方も少しだけ落ち着いたことだし、リディナに教えるためにも、ちょっと魔法の本を読んでおこう。魔力を増やす方法と、各属性の適性を上げる方法を調べたいから。

『魔法学概論　～基本属性編～』を本棚から出す。ずしりと重い。

この本は参考になるだろうか。序論の部分から読みはじめる。

「フミノ、お風呂あがったよ」

ふむふむ、今のところ魔法の適性は、遺伝要因以外は研究されていないのか。

ただ、この辺の意見が本当に正しいかは怪しいところだ。庶民は魔法適性がないのが普通だ、なんて記述もあるし。

リディナが魔法適性がないと判断されたのも、そのせいかもしれない。多分、きっと。

「フミノ、聞いてる？」

魔法の適性を伸ばす方法も、納得できるようなものは記載されていなかった。魔法適性は神に与えられたものだから変わらない。そんな考え方すらあるようだ。

魔法使いを調査した結果、一般に年を取ると、その分魔法適性が上がる、なんて話もあるらしい。

これは年齢のせいだろうか。それとも、単に魔法を使った経験が適性を上げるのだろうか。

その辺の結論は書いていない。

結局、魔力を増やしたり各属性の適性を上げたりする方法は、この本にははっきりと載っていなかった。

仕方ない。とにかく伸ばしたい適性の魔法を使いまくってみよう。それくらいしかできることはなさそうだ。

これから毎日、寝る前に訓練だ。魔力がなくなる寸前まで、伸ばしたい適性の魔法を使いまくる。面倒だけれど仕方ない。

「フミノ！」

何か聞こえたような気がする。

座卓の上の本から視線を上げる。前にリディナが立っていた。

「あ、リディナ。お風呂どうだった？」

「お風呂は凄《すご》く気持ちよかったよ。でもフミノ、本を読んでいるときって、ひょっとして周りに何が起きても気づかない方？」

あっ、しまった。やってしまったか。

「ごめんなさい」

「ううん、別に謝ることじゃない。今いるのは家の中なんだから。むしろ、フミノがそんなに本に熱中するタイプだと知って、ちょっと嬉しいというか面白いかな。ところで、なんの本を見ていたの？」

リディナは、怒っていないようだ。ちょっとほっとしつつ、読んでいる本の背表紙を見せる。

「そんな難しそうな本を、夢中で読めるの？」

「面白い。適性を増やす方法を考えながら読んでいる」

「フミノは勉強が好きなのね」

少し違う。

「知りたいと思うことを調べるのが好き」

なにせ、日本では夢物語だった魔法がここでは使えるのだ。しかも、より強力な魔法を使えるようになるかもしれない。これはやっぱり燃えずにいられないだろう。目指せラノベ風異世界チート主人公！

まあ無理だと思うけれど。私は主人公なんて柄《がら》じゃない。

「それでも、一段落したらお風呂入ってきた方がいいと思う。さっぱりするし気持ちいいしね」

確かにそうかなと思う。それに、ちょうど本の方も区切りがいい。

お風呂でゆっくりしてこよう。

リディナが買ってくれた身体拭《ふ》き用の布を、棚から手に取る。

この布は、タオルではなく単なる木綿《もめん》の布だ。大きさはバスタオル大だけれども、日本でいう手ぬぐいに近い。

「お風呂に入ってくる」

「はいはい。温まってきてね」

リディナに見送られお風呂へ行く。

風呂は好きだ。以前はそうでもなかったけれど、ここの拠点に風呂を作ってから好きになった。

特に、ぬるめの温度で身体を伸ばしてぼーっとしていると最高だ。

リディナは出るときに、お湯を抜いておいてくれた。

だからさっと掃除《そうじ》して、魔法でお湯を入れて中へ。

身体は洗わない。石鹸《せっけん》はここでは一般的ではないから。長湯して布でこすれば汚《よご》れは取れる。このお湯は私専用だから問題ない。

髪も、少し温度の高いお湯で洗えばいい。

お風呂に入って、最初は脇から上と両足の膝《ひざ》から先をお湯の上、バスの縁《ふち》に出す。

足が横方向に広がった、あられもない恰好《かっこう》。でもこうすると、身体が温まりすぎなくて長湯できる。

お湯の温度が馴染《なじ》んできたら、足を入れたり肩までつかったり調節すればいい。

ふんふふーん♪　思わず鼻歌が出てしまう。

これが温泉だと、さらに最高なのだろうか。ここを掘って出るなら、いくらでも収納を使って穴を掘るのだけれど。

もしくは、そういったことも魔法でできるのだろうか。ふと思いついたので、偵察魔法で視点を地中深くへと落としてみる。

うーむ、地下水を含む層はあるものの、温泉はなさそう。少なくとも、私が偵察魔法で見ることができる範囲にはない。残念だ。

なら、偵察魔法ついでに明日の狩り場所を探しておこう。

視点を今度は洞窟《どうくつ》の外、森の上三十腕《六十メートル》くらいにして、あちこちを見てみる。

よし、ゴブリンの集団を確認した。ここより少し街に近い方で、川の近くだ。明日にでもいただくこととしよう。

オークもいた。これは単独だ。群れからはぐれたのだろうか。

オーク肉は美味《おい》しいと、大事典に書いてあった。これも明日いただくことに決定だな。

脅威《きょうい》となりそうな魔物や魔獣はいない。

あの馬車を襲った魔狼の群れを探してみたが、発見できない。私の偵察範囲の外に出てしまったようだ。他には山魔猫《やままねこ》程度。

リディナと暮らすためにも、本のためにも、ガンガン狩りをした方がいいだろう。

今までは、近くに来たものだけ狩っていた。でも今度からは、積極的にバシバシ狩っていこう。

だから、明日はまずゴブリンとオークを狙う。そう思ったときだった。

「フミノ、大丈夫？」

リディナの声が聞こえた。

「大丈夫」

「よかった。あまり長いから、調子を悪くしているんじゃないかと思って」

そんなに長かっただろうか。時計がないからよくわからない。しかし、確かに偵察魔法であちこち見て回ったし、長かったような気がしないでもない。

では、あがるとするか。でもその前に髪を洗おう。

お湯を洗面器に汲《く》んで、手を入れられるぎりぎりの温度にして、髪を中に入れて洗う。

最後にちょい熱めのお湯で全身を流して、布でふきふきすれば完了だ。

お湯は抜いておく。次に入るのがリディナという可能性もあるので、一応掃除《そうじ》までしておこう。

汚《よご》れを収納して外に出すだけだけれども。

風呂からあがってリビングへ行く。

リディナが、木の床に寝っ転がって本を読んでいた。

読んでいるのは、本の大きさ的に小説のどれかだ。

「あ、ごめんね、こんな恰好《かっこう》で。お風呂のあとだと、ほどよく冷たい木の床がちょうどいいの。肌触りも木の匂《にお》いも気持ちいいしね。靴で歩く場所じゃないから汚《きたな》くないし。そういう意味でも、本当快適だよね、この家」

それは大変よく分かる。私もよくそうしているからだ。

でもリディナがこの部屋にいるなら、私は自室へ行こうかな。やっぱり一人の方が落ち着けるし。

この辺はまだ変わらない。それとも、いつか変わるのだろうか。リディナなら一緒にいても平気に。

私は、風呂に入るまで読んでいた魔法の本を本棚から抜き取る。

「これを読みながら寝る」

「わかった。それじゃおやすみなさい」

「おやすみなさい」

私もそう言って、自分の部屋へと向かう。


いい匂《にお》いで目が覚めた。パンを焼いたときの香ばしい匂《にお》い。

そうだ、今日からはリディナがいるんだった。

リディナが朝ご飯を作っているんだな。

慌《あわ》てて起きる。手ぬぐいっぽい布を水で濡《ぬ》らして顔を拭《ふ》いて、服を着てリビングへ。

「ごめん、遅かった」

「あ、おはよう。フミノ、もう少しゆっくりしてもいいのに」

そうなのか。先に起きないと悪いような気がしたのだ。

リディナは朝食をさっと座卓に並べてくれる。

今朝はラルドを塗ってトーストしたパン、お野菜たっぷりの透明なスープ、昨日の残りのビーフ風鹿シチューだ。

早速、座卓について二人で食べはじめる。うん、やっぱり美味《おい》しい。

シチューも今朝はカツがない代わりに、とろとろのお肉が入っている。

「昨日の残りっぽくてごめんね」

「美味《おい》しい。リディナは料理が上手」

お世辞《せじ》ではなく、本当にそう思う。

「本当はパンも自分で焼いた方が美味《おい》しいんだけれどね。ただ、酵母《こうぼ》を起こすのに四日から一週間くらいかかるから、それまでは既製品のパンで我慢して」

「パンを自分で焼く？」

パンを焼くって、全自動パン焼き機とかなくても、できるものなのだろうか。プロのパン屋さん以外の一般人が。私の常識外にある発想だ。

「うん。前は、やっていたんだよ。その方が美味《おい》しいし、安くできるし。味も自分好みにできるしね。今は魔法を使えるから、もっと美味《おい》しく作れると思う」

パンは買ってくるだけでなく自分でも焼けるのか、そう頭の中で再確認してしまう。

そんなレシピを、ネットでチラ見した記憶がないでもない。

しかし、私ができるかとなると、当然否だ。

私の調理経験は、小学校の家庭科授業での二回が全てだった。全自動パン焼き機がないこの世界、当然私にそんな高度な技は使えない。

「凄《すご》い、リディナ」

「大したことないよ、これくらい。ゴブリンを倒せるフミノの方が凄《すご》いんだからね。ところで、今日は何をするの？」

ある程度は昨日考えてある。狩りの偵察もしたし。

今日の狩りはリディナも一緒に行ってもらおう。リディナを残していってゴブリンなどに襲われたらまずい。それに、できるだけ早く魔物に慣れてもらう必要がある。

だとしたら先にこんな作業も必要かな。

「昨日入手した装備を使えるようにする。そうしたら、次は一緒に狩り。あとはそのとき考える」

実際は、魔物相手に装備が必要ということはない。特に私のような、穴に落とすこと主体の戦い方では。しかし、何事も形は大事なのだ、それなりの装備をすれば、少しは魔物も怖くなるだろう。

現時点で魔物に恐怖感を持っているリディナに対しても有効なはずだ。

「自由でいいよね。そのとき考えるで済むのって」

本当にそうだなと思う。

だから私は頷《うなず》いて、そして思い出した。他にも昨日考えたことがある。

「あとは魔法の訓練。攻撃魔法を使えるように」

「そっか。それもあるよね」

リディナは頷《うなず》いてくれた。


着装する装備のお手入れを開始する。まずは方法の確認からだ。

「マントはお湯で洗って魔法で乾かすとして、革でできたものはどうすればいい？」

「本当はブラシでこすったり脂《あぶら》を塗ったりで、水洗いはしないんだけれど、ここまで汚《よご》れていると、一度しっかり洗った方がいいよね。お風呂にお湯を入れて一気に洗おうか。あとは、適度に魔法で乾かして脂《あぶら》を塗るとして。革鎧とマント、ベルト、革製のナイフケースは私がやるから、フミノはナイフ本体のお手入れをお願いしていい」

リディナがそう言ってくれた。私は革の扱いなんてわからないから助かる。

「わかった」

風呂場にナイフ本体以外を全部出して、あとはリディナ任せ。

でも、これくらいはやっておこう。

「浴槽《よくそう》にお湯を入れておこうか」

この魔法は私の方が得意だ。魔力も多いし。

「お願いしていい？　お湯は、お風呂として使うにはちょっと熱い、手がぎりぎり入れられるくらいで」

わかった。摂氏《せっし》四十八度くらいでいいだろう。浴槽《よくそう》いっぱいに出しておく。

「ありがとう。それじゃ、こっちは任せて」

「わかった。お願い」

私はリビングに戻り、アイテムボックスからナイフを出す。

三本。どれもナイフと言うにはごつい。出刃包丁《でばほうちょう》よりずっとでっかくて、映画の乱暴な人が持って戦っていそうな代物《しろもの》だ。

ただし、三本とも全体が赤く錆《さ》びついている。だから、持っていかれずに残っていたのだろうけれど。

まずは、錆《さび》を落とそう。もちろん使うのは、アイテムボックススキルだ。錆《さび》を収納——そう強く強く念じる。

よし、とりあえず赤錆《あかさび》は取れた。ただ黒ずんでいる場所が結構あるし、刃もまだボロボロだ。これは研《と》ぐ必要がある。

砥石《といし》か。確か、リディナが勤めていた屋敷で、それっぽいものを収納したよなと思い出す。割となんでもかんでも収納したので、はっきり覚えていないけれど。

アイテムボックス内に意識を集中すると、中に入っているものが見える。

あった、多分これだ。出すと埃《ほこり》まみれではあるものの、ちゃんとした砥石《といし》だった。

とりあえずガンガン水を出して洗おう。なら、外で作業した方がいいな。

私はナイフと砥石《といし》を収納して、外へ出た。うん、抜けるような青空、今日もいい天気だ。

適当な丸太を出して、テーブルと椅子《いす》くらいの高さになるようカットして収納し、出す。

座って、テーブル代わりの丸太の上に、砥石《といし》とナイフを出して作業開始！

じゃっじゃっじゃっじゃっじゃっ。

刃物を研《と》ぐ作業って、やりはじめるとなんか止まらなくなる。面白いわけじゃないのに、やめられない止まらない状態だ。

時々研《と》ぎ終わった部分を眺《なが》めては、にんやりしたりもする。

うむ、いい感じだ。これなら、ゴブリンも魔鹿もぐっさり一突きだろう。まあ、そんな接近戦なんて私はやらないけれど。

ただ、まだナイフの刃の一部が今ひとつよろしくない。もう少し研《と》いでおこう。じゃっじゃっじゃっじゃっ。

「フミノ、こっちは終わったけれど、そっちはどう？」

うむ、もう少しだ。目指せ鏡面仕上げ！　この砥石《といし》では多分無理だろうけれど。

「フミノ？　フミノ！」

ん？　何かあったかな。視線をナイフから外して上にあげると……

「あ、リディナ」

「革鎧やマントは一通り作業終わったよ。サイズもある程度あわせたから、確認してもらおうと思って。本を読んでいるときだけじゃなくて、ナイフ研《と》ぎでも集中しちゃうのね」

あ、しまった。確かにナイフ研《と》ぎに夢中で、リディナがいることに気づかなかった。

「ごめん」

「でもこのナイフは、前と別物じゃない。あの錆《さ》び錆《さ》びがこんなに綺麗《きれい》になるんだ」

ふっふっふっ。それはありがとう。かなり本気で研《と》ぎまくったから。

冷静に考えたら、これくらい研《と》いでおけば充分だろう。

「ありがとう。それじゃ装備は？」

「リビングに置いてあるよ」

「わかった」

行ってみると、埃《ほこり》にまみれていた革製品が別物になっていた。いかにも革という茶色で、艶《つや》がある感じに変わっている。

「凄《すご》い。別物」

「魔法を使えると便利だよね。洗うのもそうだし、革に脂《あぶら》を塗るのだって。熱魔法をかけて脂《あぶら》を染み込ませて、魔法で乾燥《かんそう》させて拭《ふ》き取ってが、短時間でできるから。多分、これでフミノの身体にあっていると思うけれど、確認のためつけてみて」

どれどれ。言われるままに着装していく。まずは、胸部分を上からかぶるようにつけて、後ろに回した紐《ひも》で留めて、肩と首回りを覆う革を後ろから乗せる形でつけて、ホック的なもので留めて、そして両肩部分を……

腰にぶっといベルトを巻いて、左腰についているナイフケースにナイフを差し、最後にフード付きマントをかぶれば、完成だ。

鏡がなくとも偵察魔法を使えば自分の姿を見ることはできる。鏡と左右が逆になるものの、それは慣れたから大丈夫だ。

うん、どう見ても冒険者だ。かなりちっこい気がするけれど。特にいいのは、マントのフードだ。すっぽりかぶれば顔が見えない。

でもこのマント、裾《すそ》の長さがちょうどいい。私は身長が、かなり低い方だ。つまりこれって……

「ひょっとしてマント、縫《ぬ》い直した？」

「これくらいは簡単よ。これでもオールワークスメイドだから。家事関係は基本的になんでもできるよ。ここだと自分の思い通りにできるから、楽しいし」

私がナイフ研《と》ぎに心を奪われている間に、そんなことまでやってくれたのか。

なんというか、やっぱり凄《すご》い。

「ありがとう」

これで、冒険者ギルドに言っても怪訝《けげん》な目で見られることはないだろう。見られても、フードをかぶってしまえばわからない。

とはいえ、実際そんな目で見られていたかは、人見知りで他人の顔を見られない私にはわからないのだけれど。

「それじゃ狩りに行こうか」

リディナがささっと自分の装備をつける。私と同じデザインでも、リディナが着るとずっと恰好《かっこう》いい。

あと、リディナはフードをかぶらない方がいいなとも感じる。私と違って、顔が見えている方がいい感じだ。

「わかった」

偵察魔法で周囲を確認する。うん、昨夜目をつけたゴブリンやオークは、まだ把握《はあく》できる範囲内にいる。

予定通り、ゴブリン十五匹とはぐれオーク一匹を狩って家へ戻る。

オークはまるごと、ゴブリンは死骸《しがい》を焼いて魔石だけを、アイテムボックスに収納した。

「なんかあっさりだったね。今の狩り」

「事前に目をつけていた。それを狩っただけ」

それに、できるだけリディナが怖くないように工夫をした。見えないうちに穴に落とし、上から丸太を落として倒すとか。

だから、リディナにはそう返答して、そう言えばと思い出す。

確かオークは美味《おい》しいはず。なら、リディナに家で使うかどうか聞いておこう。

「狩ったオーク、家で食べる？」

「うーん、オークは確かに美味《おい》しいらしいけれどね。かなり高く売れるし、もったいないかな。鹿肉もまだたくさんあるし、オークはギルドで売った方がいいと思う」

オークは高価なのか。なら、その分本もたくさん買えるだろう。

どうせリディナの料理は、鹿肉でも無茶苦茶美味《おい》しいのだ。だから、本に回すのが正解。

いや待てよ。リディナが料理するなら、美味《おい》しいオークがさらに美味《おい》しくなる可能性も……

でもとりあえず、リディナの意思尊重ということで。

「わかった」

「お昼ご飯にはまだ早いから、お茶にしようか。簡単なデザートも作ってあるから」

ティータイムなんて優雅だ。日本では、そんな優雅な時間を持った憶《おぼ》えはない。

「楽しみ」

「大したものじゃないけれどね」

デザートはなんだろう。座卓前でわくわくしながら待つ。

香ばしい香りのお茶と、内側がへこんだ円柱状の何かが運ばれてきた。この、上が少し焦《こ》げた円柱状のものって、ひょっとして……

「チーズケーキと麦焦《むぎこ》がし茶。好みに合うといいんだけれど」

やっぱりそうか。これはこれは。

リディナが、半分に分けて皿に盛ってくれたのを取る。

小さい銀製スプーンですくって口へ運ぶ。

チーズの濃厚さとデザートらしい甘さ、焦《こ》げ部分の香ばしさ。控えめに言っても最高だ。

「凄《すご》く美味《おい》しい」

でも魔法で加熱した場合、材料が均一に温度上昇するので、焦《こ》げを作ることができないはずだ。

どうやったのだろう。あと、いつの間に作ったのだろう。

「焦《こ》げ、どうやって？　あと、いつ作った？」

「全体を温度上昇させて固めたあと、一気に温度を下げてさらにしっかり固めて、そのあとに炎の魔法で表面を少しずつ焦がしたの。作ったのは、フミノがナイフを研《と》いでいる間。最初に声をかけようとしたときは、かなり集中しているように見えたからね。これや昼食を作って少し待っていたの」

なるほど、温度上昇と焦《こ》げつくりを別の魔法でやったのか。

それにしても美味《おい》しい。あと、申し訳ない。

「ごめん、気づかないで」

「ううん、集中してやっているってことだから。今度からは遠慮せずに声をかけるけれど。ところで、このあとは魔法の訓練でいいの？　訓練方法は本に載ってる？」

その辺は昨晩本を読んで、自分で試して結論を出している。

「リディナは、今のままでも風属性レベル３まで覚えられる。魔法は本の三章に載っていた。あとは効果をイメージして、魔力を流す練習。やり方は、昨日教えたのとほぼ同じ」

私が大事典を読んで教えられる魔法は既に教えてある。

風属性はレベル２まで、他属性はレベル１まで。料理で魔法を自由自在に使っているし、問題はないだろう。

「それで、その魔法を覚えたあとはどんな訓練をするの？」

「伸ばしたい属性の魔法を使いまくる。魔力がなくなる寸前まで使うことを繰《く》り返す。そうすれば、その属性のレベルが上がる可能性がある」

本には確たることは書いていなかった。だから、確実に上がるかはわからない。しかしそれ以外に方法はなさそうというのが、昨日の結論だ。

「わかった。本は昨日フミノが読んでいた『魔法学概論　～基本属性編～』でいいのね」

私は頷《うなず》く。

「それじゃ、本を読んでみるね」

では私も訓練するとしよう。

どの属性をまず伸ばすかについても、昨日本を読みながら考えた。

結果、私が選んだのは、水属性と火属性だ。

水属性は、レベル3で水の壁という魔法を使えるようになる。水で障壁を作って敵の攻撃を防御するものだ。

今のままでは、私は近接戦闘ができない。

攻撃魔法が使えればいいのだけれど、主な攻撃魔法はどれもレベル4以上からだ。

ならレベル3で、近接戦闘で防御として使える魔法はないかと調べたところ、二つ存在した。一つが水の壁で、もう一つが地属性の土の壁だ。

ただ土の壁なら、現状でもアイテムボックススキルで似たようなことができる。

それに水の壁だと、防ぐと同時に、アイテムボックスで地面に穴をあけて敵を流し落とすことが可能だ。そんなわけで水属性を選択した。

それでは、火属性はなぜ選んだのか。

実は非常に快適な訓練方法というものを、思いついてしまったのだ。

この訓練方法には、水属性だけでなく火属性の魔法も必要となる。

「訓練で風呂を使う」

リディナにそう告げて、私は風呂場へ向かう。なお身体拭《ふ》き用の布は、アイテムボックスに入っている。

まずは訓練前の準備から。

収納から板を出して、風呂場の扉サイズにカットする。

蝶番《ちょうつがい》がないので、開け閉めはできない。置くだけの形だ。これでも、ないよりはましだろう。

これから始める訓練方法は、扉を開けっ放しでは効果が薄い。ちなみにこの場合の効果とは、訓練の効果ではなかったりするけれど。

浴槽《よくそう》に水を出す。満タンにする必要はない。半分程度で充分だ。

さらに、浴槽《よくそう》内に以前採《と》った香りのいい野生のハーブを投入する。

服を全部脱いでアイテムボックスに収納した私は、浴槽《よくそう》の水に対し温度上昇の魔法を発動させる。

もわっと溢《あふ》れる蒸気《じょうき》とハーブのいい香り。暑くて蒸《む》すけれど、そういうものだと思えば、非常に快適な状態だ。

そう、スチームサウナだ。浴槽《よくそう》の水に温度上昇の魔法をかけ、ボコボコ沸騰《ふっとう》させる。

なお、全体を一気に沸騰《ふっとう》させると突沸《とっぷつ》する可能性があるので、そこは注意して。

木製の簡単な椅子《いす》を出して腰かける。

うん、これは間違いなくサウナ。それも、ハーブをたっぷり使った高級なパーソナルサウナだ。

ハーブのいい香りはするけれど暑くて蒸《む》す。なかなかたまらない感覚。

あ、そうだ。ちょっと思いついて両手を腰にあて、足幅を少し開いてまっすぐ立つ。

いわゆる仁王立ちポーズだ。全裸なら、やっぱりやってみるべき基本ポーズだろう。

でも、やったら少し恥ずかしくなった。だから、お約束の高笑いまではしなかった。

だいたい、これは女性がするポーズではない。我ながらちょっと反省する。

あと、少し暑く感じるようになった。でも、限界少し手前までは頑張《がんば》ろう。

三分くらい経過。そろそろきついかな。そう思ったので、今度は温度低下の魔法を発動させ、室内温度と浴槽《よくそう》の熱湯の温度を下げる。

摂氏《せっし》二十度くらいでいいかな。足りない分は魔法で水を出して……と。

耐えられなくなったので浴槽《よくそう》へ入る。

おお冷たい！　でも、これはこれで気持ちいい。とりあえず身体が冷めるまで水風呂を堪能《たんのう》しよう。

そう、これが私の水属性と火属性訓練方法だ。サウナを楽しむのは、あくまで訓練のついで。目的と結果を間違えてはいけない。

そりゃ、試してみたいという欲が全くなかったとは言わない。

実は、私はサウナに入ったことがなかった。だから是非《ぜひ》試してみたいと確かに思った。

しかし、あくまで主目的は訓練だ……多分。

さて、顔の汗もひいた。それではもう一度、サウナに挑戦だ。

私は浴槽《よくそう》から出て、浴槽《よくそう》の水を適当に抜いて調整したあと、再び温度上昇の魔法を発動させる。

最低でも、サウナで整うという状態になるまで。

いや違った、これはあくまで訓練だ。魔力がほとんどなくなるまで頑張《がんば》ろう。

そんな感じで、狩りと読書、魔法の訓練、リディナの美味《おい》しい料理付きなんて生活を始めてから、

二週間後。

私とリディナは、再び街に向かっていた。

「新しい本、あるかな」

「どうかなあ。領主がケチだからね。まあ、百科事典は買えるだろうからいいけれど」

狩りは恐ろしいほど好調だった。

結果、魔獣や魔物の在庫が思い切り増えたので、とりあえず換金することにしたのだ。

なぜ、そこまで好調だったか。それは魔法のおかげだ。

適性を伸ばすため、私もリディナも毎日訓練をした。

寝る前には必ず魔力がなくなる寸前まで。リディナは主に、風属性の魔法で換気をするという方法で。私は風呂でサウナを楽しみながら。

本には載っていなかった、私なりに考えた魔法の訓練方法だ。これを始めてわずか一週間で目に見えて成果が現れた。

私は水と火、空の属性がレベル3まで使えるようになった。リディナは風属性がレベル4、火属性がレベル2に。

さらに、リディナは風の刃という攻撃魔法まで覚えた。これは風属性のレベル4で、自分の前方にある物体を切断するという魔法だ。

この魔法は、大きい樹木でもあっさり切断が可能だ。当然魔物や魔獣なんかも数匹まとめて切断してしまう。ただ、攻撃範囲は自分からせいぜい五腕《十メートル》程度しかなく、近距離用の攻撃魔法だった。

とはいえ、これでリディナも狩りができる。

私は攻撃魔法をまだ使えないが、これはこれで悪くない。リディナも喜んでいるし。

ただ、リディナの方が先に攻撃用の魔法を使えるようになるとは、正直思わなかった。私もサウナ訓練法ではなく、水属性だけを集中的に鍛《きた》えるべきだったろうか。

私の空属性が上がったのは、毎日偵察魔法を使いまくっているおかげだ。狩りだけでなく、安全のためにも必要だから、これは結構ありがたい。

「でも私の攻撃魔法より、フミノのアイテムボックス攻撃の方が使い勝手がいいよね。魔獣の毛皮を切ったりしない分、買い取り価格も高いだろうし」

「直接攻撃できない。だから助かる」

「フミノはどこでも見ることができる偵察魔法を使えるじゃない。あれ欲しいけれど、難しいよね」

確かに、空属性レベル3は便利だ。

空属性の攻撃魔法はまだ使えない。しかし、偵察魔法の視点移動範囲がかなり広がっただけでも、充分以上だ。なにせ偵察魔法、以前は半径五十腕《百メートル》がやっとだったけれど、今は半径五百腕《千メートル》程度は大丈夫。

そういうわけで、狩りは二人一緒にするようになった。私が索敵兼遠めの敵担当で、リディナが近接攻撃担当兼護衛役という形だ。

偵察魔法の強化で、今までよりさらに遠くの敵を発見することができる。さらにリディナのおかげで、落とし穴に引っかからなかった魔物や魔獣も倒すことができる。空を飛ぶ鳥とか、樹上《じゅじょう》を移動する山魔猫とかも。

おかげで、以前より数倍狩りが捗《はかど》った。結果、魔物や魔獣の在庫が急増し、予定より早く街に向かうことになったわけだ。

前も通った門のところで、冒険者証を提示する。扉が開く前に念のため五歩下がるのは、前回の経験を踏まえた上の措置《そち》だ。

やっぱり、男性の衛士が扉を開けてくれた。私はフードを深くかぶって、ダッシュで通過する。うん、装備の進歩で無事耐えられた。

それでは資金調達のために、冒険者ギルドへ行こう。リディナを先頭に街を歩いて冒険者ギルドへ。

正直、冒険者ギルドに入るのは今でもかなり怖い。

この前の冒険者は強制労働行きでもういないはず。だが、似たようなのがいないとも限らない。

それでも、今回はいかにも冒険者という恰好《かっこう》をしている。目をつけられることも少ないはずだ。

なんてことを思いつつ、リディナのあとをくっついて歩き、ギルドのカウンターへとたどり着く。

なお本日も中途半端な時間なのでギルド内の冒険者は少ない。

今日は、女性冒険者が三人の一パーティだけで、それも別カウンターで何か交渉している。だから少しだけ安心だ。

「いらっしゃいませ。今回も魔物や魔獣、薬草などを持ち込みですか」

前回と同じ受付嬢さん、アルテアさんが受けつけてくれた。

「ええ、そうです。出していいでしょうか」

「ちょっと待ってくださいね。今、用意しますから」

アルテアさんはそう言って背後の事務室の方を向く。

「みんな、お願い、自在袋十個配備！」

どどっと事務所内のみなさんが動き出す。ある人は事務所の背後の扉へ、ある人は横の棚へ。横の棚へ向かったギルドの従業員さんが、袋の束を持ってくる。

「それでは積み上げることなく、ゆっくり出してください。出したものはこちらで収納していきますから、カウンターが空《あ》いたら次のを出す形でお願いします」

さては前回の件、まだ覚えられているようだ。思い切り対策をされてしまった。これはちょっと恥ずかしい。でも、向こうは受け入れ態勢を整えておいてくれているのだ。そこは好意的に解釈しよう。

「それでは出しますね。フミノ、お願い」

では大物から出していくか。まずは魔熊から……

「はい、今回は合計で正銀貨九十五枚、小銀貨三枚、正銅貨六枚になります。計算書の確認をお願いします」

リディナと二人でやった分、魔獣も薬草も量が増えている。だから、二週間でも前回より収入が多いのは当然だ。さて、数も計算も間違いはなさそうだ。私とリディナは頷《うなず》きあう。

「ええ、これで大丈夫です」

「お疲れ様でした。ところで、このパーティは討伐や採取以外は本当にやらないんでしょうか」

おっと、そんなことを聞かれてしまった。

「うちのパーティは、討伐と採取専門なので」

リディナが断ってくれる。

「そうですか。最近、フロレントへ向かう街道に出る魔獣や魔物が減ったことで、そちらへ向かう商人が増えています。護衛の冒険者もひっぱりだこで、やってくれる冒険者を大募集中なんです」

そう言われても困る。

私は他人が怖い。最初にこの街に来たときよりは、ましになってはいるけれど。

今もリディナを盾《たて》にしているから、なんとか耐えられるだけだ。それが、他人と四六時中一緒に行動する護衛任務だなんて……

考えただけでも、心臓がぎゅっと縮む。

「ごめんなさい。そっち方面は苦手なんです」

「わかりました。そちらのパーティは優秀なので、残念ですけれどね。もし気分が変わりましたら、いつでもいらしてください。受ける人が足りなくて困っている状態ですから」

「わかりました」

私たちは立ち上がってアルテアさんに一礼し、カウンターをあとにした。

「フロレント方面の魔物や魔獣が減ったのって、きっと私たちのせいだよね」

ギルドを出て歩きながら、リディナが言う。

「そうかな？」

確かにかなり狩ったけれど、狩りつくすほどとは思えない。

それにこの世界、ゴブリンあたりは放っておいても自然発生するという。だから、狩りつくすということはないはずだ。

「あの街道で魔物や魔獣が出るのは、山からこっち側の部分なの。フロレントは大きな街で、周囲の魔物や魔獣はきっちり狩っているから。それはわかるよね」

私が頷《うなず》いたのを確認して、リディナは続ける。

「そして、魔狼は二十四から四十四くらいで群れを組んで、群れごとに縄張《なわば》りを持っている。群れ以外の魔狼が縄張《なわば》りに入ったら、縄張《なわば》りを出るまで攻撃する。だから、縄張《なわば》りが重なることはまずない。私たち、この辺の魔狼の群れを二つは倒してしまったでしょ。だから、他の魔狼がここにいた魔狼がいなくなったと気づくまで、この辺には魔狼は出ないの」

魔狼については、リディナが言っているとおりだ。

私が頷いたのを確認して、リディナは続ける。

「魔狼と同じように、オークとかトロルといった大型の魔物も、やっぱり縄張《なわば》りを持っている。倒したあと、しばらくの間は同種の魔物はそこにいなくなる。例外は、魔熊や山魔猫のように単独で狩りをする肉食魔獣、草食魔獣。あとは、ゴブリンやスライムといった、弱っちくて自然発生しやすい魔物くらいね。でも、魔熊や山魔猫はあまり街や街道沿いに出てこない。ゴブリンやスライム程度なら、数が多くなければ冒険者で充分対処ができる。草食魔獣はまず人を襲わない。つまり、私たちが魔狼や強い魔物を狩った結果、ある程度は街道沿いも安全になったわけ」

なるほど、そういうことか。

「リディナ、よく知っている」

「この前買った本で読んだだけ。あのマキノス図鑑はなかなかいいよ。狩りの参考にもなるし、見ているだけでも楽しいし」

なるほど。ちなみにあの図鑑を私はまだ読んでいない。面白そうだとは思うけれど、まだまだ魔法の本と小説とで手いっぱいだ。

「あとで読む」

「ただ、これで面倒なことにならなければいいけれど」

思っていなかった言葉が出た。面倒なこと？　なんだろう。

「どういうこと？」

「魔獣や魔物の被害が減ったことは、商家やギルド以外にも広まっていると思うわ。なら、バカ領主があの森を新たに開拓しようとか、そうでなくとも調査隊をあの森へやろうとか考えるかもしれない。そうしたら、今のようにあの森に住むことができなくなるかもしれない」

ちょっと待ってほしい。

「困る」

せっかく落ち着いて暮らせるようになったのだ。それなのに……

「まあ、今考えても仕方ないけれどね。それより、せっかく儲《もう》かったんだし、図書館に行きましょ。これだけあれば、ボンヘー社のスティヴァレ大百科事典だって全巻揃《そろ》うでしょ。他の小説も思い切り買えるしね」

うん、わかった。確かに考えても仕方ないことは考えない方がいい。それに本物の大百科事典が手に入る。文句なく楽しみだ。だから私は頷《うなず》いて、そしてふと思う。

「売り切れてないよね」

「大丈夫よ。あんな高価なもの買う人、まずいないわ」

だよね。うんうん。

私たちは足取りも軽く図書館へと向かう。


例によって図書館で散財しまくって、さらにリディナお勧めの店でテイクアウトを大量購入して。

街を出て街道をしばらく歩き、拠点の方へ少し外れたところで、リディナは私に声をかけた。

「この周囲には、魔物や魔獣はいないかな？」

「大丈夫」

私は常に、監視魔法か偵察魔法で周囲を警戒している。

そして、今は全く問題ない。

「なら、お昼にしましょ」

確かに、ここは少し開《ひら》けていて景色がいい。地面も平らだ。

「用意する」

私は、アイテムボックスからテーブルと椅子《いす》を取り出す。もちろん、これはリディナに案内してもらった家で収納してきたものだ。

外でお昼を食べるときは、こうやってテーブルと椅子《いす》を出す。この方が食べやすいし。

「毎回思うけれど、これって便利だよね、本当に」

「リディナに貰《もら》ったもの」

リディナの未払い給金代わりに手に入れたもの。リディナは代金を受け取ってくれなかったけれど、私はそのことを忘れていない。

「お皿は平皿の大きめ二枚、コップ一人一個」

「わかった」

今回は、拠点内のものは収納せず、置いてきている。

しかし、あの家で収納したものはまだまだ余っていて、アイテムボックスに入ったままだ。

だから皿やコップだっていくらでも出せる。この辺もいつもの通りだ。

リディナが皿の上に、テイクアウトした昼食を出す。

今度はサンドイッチではない。確かガレって呼んでいたかな。

目玉焼きやチーズ、野菜類をクレープの中央に置いて、クレープを四方から折りたたんで包み、最後にクレープ部分が固めになるまで焼いたものだ。

これが四つ。あとはいつもの乳清《にゅうせい》飲料。

うん、やっぱり美味《おい》しそうだ。

「それじゃ食べよう」

リディナと同時に私もひとつ、手に取る。

以前のように、どれを取っていいか迷わなくなったなと思い出す。これもリディナのおかげだ。

『なぜ、フミノは毎回私が取ってから取るの。単にどれを食べたいか迷っているならそれでもいいけれど、私とフミノは対等の関係。だから、遠慮なんてしたら怒るからね』

そう言われたから。

「やっぱり美味《おい》しい」

今回のガレも美味《おい》しい。リディナの目に間違いはないなと思う。あと、リディナが作る料理も毎回美味《おい》しい。

この辺も、リディナと一緒に生活してよかったと思う点だ。

私独りでは、調味料を仕入れてもろくな料理はできない。そもそも、調味料などを手に入れられないという可能性の方が高いけれど。テイクアウトを自分で買うことも無理だ。

食事終了後、歩きはじめて六分の一時間《十分》程度のところで、私はリディナに声をかける。

「リディナ、この先十腕《二十メートル》右側の獣道。ゴブリン三匹。もうすぐ」

「わかった。ここは私がやるね。木や草が茂っているし」

「お願い」

こういった場所で、収納を使ってゴブリンを倒すのは面倒だ。穴を掘るにも土をかぶせるにも、茂っている樹木が邪魔になる。

できないことはない。けれど、下に穴を掘ると魔力の消費が大きくなるし、余計な樹木まで収納してしまうことになる。土をかぶせるには、木の枝が邪魔だ。

だから、こういった場所はリディナの出番になる。

リディナの攻撃魔法は、今や立派な戦力だ。何回も倒した結果、ゴブリンを見ても平気になったし。

リディナがゴブリンを平気になったように、私も対人恐怖症が少しでも治ればと思う。でも仕方ない。ゴブリンは倒すとお金になるが、人は倒してはいけないから。

毎回そう、自分に言い訳をしている。

リディナが前に出た。

「この地に潜む風の精よ……」

予備呪文を唱えはじめる。なくても出せるが、唱えた方が威力《いりょく》が大きくなるらしい。少なくともリディナは。

私も、唱えた方が威力《いりょく》が大きくなるか試したことがあるものの、うまくいかなかった。

日本のネットでお馴《な》染《じ》みの最強魔法エターナルフォースブリザードを発動させようと、それっぽいオリジナルの呪文を唱えてみた。しかし残念ながら、出たのは普通の氷柱《つらら》魔法で、威力《いりょく》も通常と変わりなかった。以来、私は呪文を唱えていない。

足音が聞こえてきた。そろそろ出てくる。

一応私も魔法が出せるように、心構えだけはしておく。

水属性レベル3の水の壁なら、ゴブリンの攻撃程度は食い止められる。

ゴブリンが見えた瞬間、リディナは魔法を発動させた。

「切り裂け！　風の刃」

不可視の刃が飛んでいき、ゴブリン三匹をあっさり上下に切り離した。

背後の樹木も二本切断されたので、私はアイテムボックスに収納する。

「ありがとう、フミノ。もう少し威力《いりょく》弱めでもよかったね」

「問題ない」

収納を直接使うよりは、まだ魔力消費が低い。だから問題ない。

リディナは温度上昇魔法で、切断されたゴブリンを灰にした。例によって、残った魔石を私が収納する。一件落着だ。

「今週の食費くらいは稼《かせ》げたね」

「順調」

図書館に寄ったし、残金でガレも大量に購入した。だから所持金はあまり残っていない。

でもリディナと二人ならまたすぐ稼《かせ》げるだろう。それに食費だけならあまりかからない。

「拠点に着くまでに、あとどれくらい稼《かせ》げるかな」

私は偵察魔法で確認する。

「あと三匹程度。ゴブリンのみ」

「ちょっとしけているよね。でもついでだし、まあいいかな」

私は頷《うなず》き、また二人で歩きはじめる。

無事拠点に到着した。

「それじゃ、夕ご飯を作るね」

「お願い」

料理はリディナの専権事項だ。結局そうなってしまった。

私が料理できないのが理由だけれど、申し訳ない。だから、私は私ができることをしよう。

本当は、買ってきたボンヘー社のスティヴァレ大百科事典を、こころゆくまで眺《なが》めたいところ。

しかし、リディナが料理を頑張《がんば》っているのだ。

私もその間は役に立つことをしよう。

この拠点には扉というものがない。例外は入口の引き戸だけ。理由は簡単で、蝶番《ちょうつがい》がうまく作れていないからだ。

木工では蝶番《ちょうつがい》を作るのは無理だった。作ってみたけれど、あっさり折れた。やはり金属で作らないと強度が足りないらしい。

しかも、金属は私のアイテムボックススキルを使っても、うまく加工できなかった。そう、今までは。

訓練の成果か、ついに火の属性がレベル3になった。今までより自由に高温域を操《あやつ》れるはず。だから、今なら私も金属の加工ができるかもしれない。

リディナが料理している近くで作業をするのは、衛生上よくない。そこで私は自室へ向かう。

アイテムボックスから、壊れた鍋《なべ》をはじめとした鉄製のガラクタ類を出す。もちろん元リディナの勤務先で入手したものだ。

まずは、床に自作の金床《かなとこ》を置く。この金床《かなとこ》は、元鍋《もとなべ》だったものに他の鉄くずを入れ、熱と突き固め魔法で作った。形は鍋《なべ》の原形が残っているが、あくまでこれは金床《かなとこ》である……私としては。

次に、底を抜いた寸胴《ずんどう》を魔法でカットする。これは火の魔法レベル三、熱線魔法で簡単にできる。

あとは、温度上昇魔法をかけつつ、突き固め魔法。これで平らな鉄板ができた。

ただし、今回は板でも厚さがある程度欲しい。だから、カットして重ねて熱で固めて、ちょい厚めの鉄板を完成させる。

その後、以前描いていた設計図もどきを鉄板の上に置く。水で鉄板に張りつけて、熱線魔法で設計図通りに切り出す。

あとは平らではない部品の作製だ。厚めの鉄板をカットし、重ねて熱を加えて、鉄の角棒を作る。

これを、角棒ではなく丸棒に加工する。具体的には、熱を加えながら突き固め魔法を使いつつ、金床《かなとこ》の上でころころ転がすのだ。

なかなかうまく行かなかったが、何度もやっているうちになんとか丸い鉄棒が完成した。これで、蝶番《ちょうつがい》の部品の基礎《きそ》がほぼ完成だ。

扉と戸枠は、既に二つ作ってある。

釘《くぎ》はレベル2の火属性で作製可能だった。なので、カットし乾燥《かんそう》させた板を組み合わせて釘《くぎ》を打ちつけて固定し、どちらも作ることができたのだ。

その戸枠は、既にトイレや風呂場の入口に設置してみる。

あとは、蝶番《ちょうつがい》で戸枠と扉を固定するだけの状態だった。既に二回挑戦している。しかし、強度不足で割れたりうまく動かなかったり。これで三度目の正直。

まずは部品を組み合わせて、熱を加え一体化させる。

よし、ここまでは問題ない。そして、作製した鉄棒も穴に入れる。

では一体化させた部品二点と鉄棒を組み立ててみよう。

そう思ったところで、リディナの声が聞こえた。

「フミノ、ご飯ができたよ」

この場合は、夕食の方が優先だ。リディナが作ってくれたのだし、一緒に食べるし。

組み立てはあとにしよう。

「わかった」

私はそう返事して、リビングの方へと向かった。

今日のご飯は何かな、そう期待しながら。

なお夕食後、再び扉作業に取りかかる。ここまでできれば、あとは部品二点を鉄棒で接続すると蝶番《ちょうつがい》の完成だ。

最初の挑戦では、鉄棒が少しだけ太すぎて入らなかった。なので、金棒に熱を加えてガンガンと叩《たた》く。再挑戦ではぎりぎり入った。蝶番《ちょうつがい》を開いたり閉じたりして動きを確認。とりあえず、使用には問題なさそうだ。

あとは、すでにできている戸枠と扉に蝶番《ちょうつがい》をつけるだけ。すでに作ってある釘《くぎ》でそれぞれ固定してやる。本当は、木ネジの方がいいのだろうけれど、難しくて作れないから仕方ない。

開け閉めできるのを確認して、アイテムボックスに収納。では、入口への設置作業にかかるとしよう。

「あれフミノ、外へ行くの？」

リビングを横切る途中、リディナがそう尋《たず》ねてきた。

「入口の扉ができた。これから付け替える」

「できたのね、とうとう」

リディナも私が扉を製作中ということは知っている。蝶番《ちょうつがい》で苦戦していたことも含めて。

「あとは交換するだけ」

そのまま歩いて入口へ。現在使っている引き戸をアイテムボックスに収納し、外へと回る。

今まで引き戸の枠があったところに、先程完成した戸枠と扉を組み合わせたものを設置。微妙に開いた隙間《すきま》は粘土《ねんど》を詰めて乾燥《かんそう》させ、表面を焼いて埋《う》める。

これで入口扉の設置は完了だ。使えるのならばだけれど。

使用試験開始。扉のノブを開く方に回して引く。すんなり開いた。なら、次は閉じる方向にノブを回して引く。扉は動かない。しっかり閉じている。

内側に回って同じように確認。大丈夫、扉は予定通り動いた。

「完成」

「これで出かけるときも安心だね。隙間風《すきまかぜ》もなくなるし」

その通りだ。今回は外から鍵を閉められる。引き戸と違って隙間《すきま》が少ないから、外の風も入りにくい。

「どんどんいい感じになるよね、この拠点」

リディナの言葉に私は頷《うなず》く。そう、私史上いちばんいい住まいだ、ここは。

もっとも、そうあるのは拠点の設備のおかげだけではない。半分以上は一緒に住んでいるリディナのおかげだろう。たぶん、きっと。

第四話　旅立ちの季節

リディナと出会って三ヶ月。森の生活は極めて順調だ。

大型の魔物や魔獣が減ったことで、収入も減るのではないかという危惧《きぐ》があった。実際、二度目に街に行ったあとの半月は、獲物がゴブリンばかりだった。

しかしその後、今度は魔カモシカや角兎《つのうさぎ》が一気に増えた。

「魔獣は、普通の獣よりも成長が早いしね。草食魔獣は一度に子供をたくさん産むし。大型の肉食魔獣や魔物が減ったから、捕食されなくなった分、増えたんでしょ」

きっとリディナの言う通りだろう。

「角兎は街に近い場所にも出るし、敵に向かって突進する性質があるから、危険なんだよね。しかも毛皮も肉も使えるから、褒賞金《ほうしょうきん》が結構貰《もら》える。魔カモシカはお肉が美味《おい》しいし、これも皮が使いやすいよね。だから高く買ってもらえるし、結果的には悪くないかな」

おかげで現在、最初の二週間と同じ程度の収入を維持できている。

拠点も少し進化した。入口だけでなく、トイレや風呂、寝室にも扉がついた。

リビングには、街で買ってきたガラス窓もはめこんだ。

床板も油を塗ったあと、熱処理して、さらにしっとり触り心地がよくなった。

「もうこの拠点、最高よね。夏でも涼しいし、お風呂もあるし、居心地もいいしで」

リディナもそう言ってくれている。

きっと、おせじだけではない。私も居心地がいいと思うから。

半月に一回買い出しに出て、食料と本とを買ってくる。

私もだいぶ他人に慣れた。門の扉を開けてくれる衛士さんにも、会釈《えしゃく》して歩いて通れるまでになった。我ながら大きな進歩だ。

街に行く日以外は、天気がよければ午前中は二人で狩り。雨が降った日や空《あ》いた時間は読書。時々リディナは新メニュー開発、私は物つくりに挑戦する。

リディナの作る料理は、毎回とっても美味《おい》しい。

お昼はストックしてあるテイクアウトのサンドイッチやガレ、パタといった軽食類だ。ガレはクレープっぽい生地《きじ》でおかずを包んで焼いたもので、パタは平たくて薄いパンにおかずを挟《はさ》んだもの。

どれもこの辺のお店で一般的に売られている。私は店の人と会話できないから、買うのはリディナ任せだけれど。リディナが厳選しているからか、これらも結構美味《おい》しい。

冒険者っぽい装備も、少し改良した。

まずは革鎧の胸部分。熱魔法と加湿魔法、乾燥《かんそう》魔法を使って革部分を曲げ、胸部分をもっと身体にあわせた曲線に仕立て直している。

これは、リディナの胸部分が少々きつそうだったからだ。なお、私の胸部分はけっしてきつくはなかったけれど、今後の成長を期して、同じように改良しておいた。

他には、金属部分をリディナの要望に応《こた》えて作り直すなんてことも。

ちなみに、長時間歩くと結構邪魔だったから、腰に差していたナイフは取っ払った。

あとは、マントの留め具部分なども改良して、着用しやすくしている。

なんというか、全てが順調で、もう一生このままがいい。そう思っていたくらいだった。

しかし……

「今日もいる。街道に近い方、ここから西南西、直線で三百腕《六百メートル》」

「何か嫌な感じだよね」

リディナが言う。

いるというのは、領主家の連中のことだ。

今日は兵らしき者七名と、少し偉そうなのが三名。列になって歩きながら、メモを取ったり何かを調べたりしている。

あの連中は、三日前から出てくるようになった。

最初は街道沿いで、昨日は拠点から見て街道の向こう側で、歩きながら何やらやっていた。

男ばかりで近づきたくない。偵察魔法で見る分には大丈夫だけれども、実際に会うと怖くてたまらなくなるだろう。

だから拠点が見つからないか、拠点に何かされないかと心配しつつも、基本的に無視している。

とりあえず今日のところは、連中の居場所は私たちの行動予定に影響ない。

「今日の狩り場は山側。問題ない」

昨日の夜に偵察魔法で調べて、本日の獲物は拠点の北東側にいる魔カモシカを中心にしようと決めていた。

街道とは反対の山側だ。

「そうだけれどね。この拠点に来られたら嫌だなと思って」

確かにその通りなのだ。せっかく誰も来なくて、静かで落ち着けるのに。

「土で隠しておく」

内装や家具の配置をかなり頑張《がんば》ったので、収納したら元に戻すのが大変だ。それに、収納した後の洞窟《どうくつ》状態の場所に、またゴブリンでも入られたら嫌だし。

土を出して窓と扉を覆い隠す。

これで、外からは拠点があるとわからなくなった。ただし、土の色が周りと比べると新しい分目立つ。

それでも、何もしないよりはいいだろう。そう自分を納得させる。

「それじゃ行こうか。この辺にいるのを見られるのもなんだし。今日はどう行けばいいの？」

「こっち」

私たちは歩きはじめる。

「今日の獲物はなんだっけ」

「魔カモシカ、ゴブリン、魔熊」

「魔熊まで出てきたの？」

「東側の山から入ってきた。一匹だけ」

「魔熊は結構動くんだね。群れと単独との違いかな」

いつもと同じように、リディナと話しながら狩り場へ向かう。

しかし、私は不安だった。

領主家の連中がいる場所から獣道を正しく辿《たど》ると、半時間《三十分》もあれば拠点に出てしまう。

土をかぶせて隠したが、土の色が新しい。だから、何かありそうだとはわかってしまう。

手作業で掘り出すのは大変だ。しかし土属性魔法がレベル1程度使えれば、取り除くのは簡単だろう。

さらに、空属性のレベル2以上を持っていると、私と同じ偵察魔法が使用可能だ。

その場合、既に私やリディナ、拠点のことがばれている可能性がある。

もし来られてしまったら、どうしよう。想像するだけで、もう怖くてたまらない。

「領主家の連中のことは、心配しても仕方ないよ。どうにもならないなら、とりあえず思考放棄で、狩りのことだけ考えよう」

おっと、リディナに私が考えていることが、バレてしまっているようだ。

私って、そんなにわかりやすいだろうか。表情がなくて不気味《ぶきみ》と言われたことがあるのに。

でも確かにそうだ。今は狩りに専念しよう。

差し当たって一番近いのは……

「わかった。あと五十腕《百メートル》で、一旦停止。樹上に山魔猫。もう少し近づいてから判断」

「わかったわ」

山魔猫はこちらを見て逃げることも多い。

逃げるようなら狩る必要もない。あまり人に害を及ぼさないし、褒賞金《ほうしょうきん》も安いし。

狩りそのものは、予定通り終わった。獲物もゴブリン七匹、魔カモシカ五匹、魔熊一匹と予定通り、かつ充分だ。しかし、拠点に帰れない。

現在は森の中、熱魔法で拓《ひら》いて作ったスペースに、テーブルと椅子《いす》を置いて休憩中《きゅうけいちゅう》だ。

実のところ、休憩《きゅうけい》なんて心が休まるような状態ではない。

私は、偵察魔法で拠点を見ている。

結局、見つかってしまった。覆い隠していた土は魔法で取り除かれ、扉が開いている。開いたままの入口扉の両側には、兵二名が立っている。残りの連中は中だ。

「領主家の連中、まだいるの」

私は頷《うなず》く。

「何なんだろうね。今は何しているの」

「リビングのテーブルで、二人が会話中」

偵察魔法は、視点を任意に移動させて見ることができる。もちろん、移動させられる範囲には制限があるけれど、ここから拠点はぎりぎり範囲内だ。

いや、正確には、範囲ぎりぎりの場所に私たちがいると言うべきだろう。拠点に来てしまったあの連中を監視するために、ここにいるのだ。

「話している内容は、聞こえないんだよね」

「偵察魔法は見るだけ」

残念ながら、何を話しているかまではわからない。

調理用に使っている大きいテーブルに座っているのは二人。最初に見て、偉そうと感じたやつらだ。

「早く消えてほしいけれど、どれくらいかかるかな」

「わからない」

もう少しきっちりカムフラージュするべきだっただろうか。それとも、偵察魔法などで既に場所がばれていたのだろうか。

いずれにせよ、今となっては立ち去ってくれるのを待つしかない。

それはわかっている。それでも、なんとかならないだろうか、と思ってしまうのだ。

結局私たちはこの日、拠点に帰ることができなかった。

現在、拠点は兵十四名がいて、交代で見張りをしている。

あの連中のうち二人が街に戻り、応援を呼び寄せたのだ。これでは、とても拠点に帰れない。

そして、夕方四の鐘《かね》の時刻過ぎ、偉そうなやつの三名が動いた。部下四名を連れてアレティウムの街へ戻るようだ。

私たちもあとをつけて街へと移動する。

街へ入った七名は、そのまま領主館へ向かっている様子だ。

「今日は帰れそうもないから宿を取ろうか」

もうすぐ夕方だ。リディナが言うことが正しいのだろう。あの拠点に帰れないと思うのは辛《つら》いけれど仕方ない。

「わかった」

「前にフミノと泊まった宿がいいかな。領主館に近いから」

そんなわけで、私たちは現在、あの高級宿の以前泊まった部屋にいる。

一行七名はそのまま領主館に入った。そして、偉そうなやつの三名のうち、拠点のテーブルで話をしていた二名が領主館の二階奥の部屋へと入り、領主らしい太ましくて偉そうなのになにやら報告。その後、この二名は領主館の一階にある部屋に入り、何やら相談しているというのが今の状況だ。

窓の外から夕方五の鐘《かね》の音が聞こえてきた。

「どう、状況はわかった？」

リディナの質問。

「あの二人で相談しながら何かを書きはじめた」

ある程度書いたところで私は偵察魔法の視点を近づけ、紙上の文字を読む。

「報告書。盗賊アジトの発見について、だって」

「ええっ！」

リディナは、そんな声を上げた。そして食ってかかるように言う。

「あの拠点のどこが盗賊のアジトなのよ。中を見れば、そんなんじゃないことくらい、わかるでしょ」

今の私は、相手がリディナなら、この程度の声にも耐えられる。

「山の中の人通りのない場所。だから、そう判断したのかもしれない」

「それでも中を見れば、人数もどんな暮らしをしていたかもわかるでしょ。金目のものもないし、盗品なんてどこにもないし」

そこまで言って、リディナは何か気づいたようだ。表情が少し変わる。

「そっか。要は手柄《てがら》にしたいだけね。冒険者が狩りのために作った拠点を発見しても、なんにもならない。でも盗賊の拠点を発見したのなら、大《おお》手柄《てがら》よ。だから盗賊じゃないとわかっているくせに、そういう報告をしたわけね」

なるほどそういうことか。

確かにそう考えると理解できる。しかし、それならだ。

「なんとかして取り返す方法、ない？」

あそこは私たちの拠点であって、盗賊のものではない。そう訴え出ることで、なんとかならないだろうか。

もちろん私が訴え出るのは無理だ。

「無理ね」

リディナは首を横に振る。

「ここの領主は駄目駄目《だめだめ》だからね。まともにとりあってくれないでしょ。それに、盗賊のアジト発見は、国に対しても報告できる事案だからね。自分のためにも、それで押し通すと思う。盗賊が出たとか、そんな実態が一切ないのを無視して」

領主が駄目駄目《だめだめ》なのは、今まで聞いた話でわかっている。それでも、領主自身が駄目駄目《だめだめ》であっても、他に例えば……

「誰かまともな部下に訴えるとかは？　あとは国に訴えるとか」

「まともな部下は、ここ十数年でほとんど離れてしまったしね。今残っているのは、どうしようもない連中ばかりだよ。だから、理屈や証拠を出して訴えても、逆に捕らえられるだけ。領地内の自治の範囲だと、国にも直接訴えることはできないし。それに、領地内の所有者がいない場所は領主の管理権があるしね」

そうなのか。せっかく安住の地を見つけたと思ったのに。残念だ。

でも、この世界に来るまでの人生を考えれば、それでもまだましだ。私やリディナが直接危害にあったわけではないし、お金もある程度はある。

「それにしても、せっかく買った本が惜《お》しいよね。他はなんとかなるけれど、本は高いし、小説だと手に入らなくなることもあるしね」

リディナの様子を見ると、本当に撤退するしかないようだ。

だがしかし。本や家財道具類については問題ない。

「本はなんとかなる」

「えっ」

リディナが先程以上に驚いた声を上げた。

「どうするの？」

「アイテムボックスのスキルを使う」

毎日狩りに生活にアイテムボックスを使うせいか、そのスキルも順調に成長し、今は極3になっている。

そして、極2と極3の違いは収納できる範囲だ。

「どうやるの？」

「認識できる場所にある自分のものは、どこにあっても収納可能。偵察魔法で見ることができれば、それで充分」

極2だと、認識できていても五十腕《百メートル》くらいまでが収納できる限度だった。しかし極3は、認識できる限りどこまででも収納が可能だ。

とりあえず、収納したいのはベッドと本、あとは風呂のバスタブだ。

あのベッドは寝心地がいいので、失うのは惜《お》しい。バスタブは改良に改良を重ね、今では私とリディナがくつろぐのに最適な形状になっている。

逆に言えば、それ以外にあまり重要なものはない。衣服やお金、身の回りの品は、自在袋かアイテムボックスに入れたままだし。

でも一応、持ち出せそうなら全部持ち出すか。せっかくつけたガラス窓や扉、戸枠なんかも。

「なら、明日の朝一番で取り返しに行こう。どこまで近づけばいい？」

「街道からで充分」

私の偵察魔法の視点移動範囲は、概《おおむ》ね半径五百腕《千メートル》だ。一方で、拠点から街道まで最短で二百五十腕《五百メートル》程度。だから、街道を歩きながらでも余裕のはずだ。

「なんか、フミノって本当に規格外よね。それだけのことができるなら、その気になれば大儲《おおもう》けできそうなのに」

「別にいい」

私はそんなことは望まない。

あの拠点での暮らしが最高だった。それが失われるというのは正直悲しい。

悲しいことには慣れているはずだ。諦《あきら》めることも慣れているはずだ。

でも、なぜか今回はなかなかあっさり諦《あきら》められない。この世界に来て順調だったからだろうか。

「今度はどこへ行く？」

リディナが私に尋《たず》ねる。

どこへ、か。思いつかない。あの拠点が最高だったから。

ただ、そう言っても仕方ない。だから私なりの希望というか、絶対条件を言わせてもらう。

「人が多くないところ」

あと、できれば男性が少ないところがいい。でも、そんな場所あるだろうか。

確かに、ここの街は女性ばかりだったけれど。

「なら、ちょっと遠くても、東海岸沿いを南の方へ行ってみない？　西海岸より人が少ないし、南部は未開発の場所も多いから。魔獣討伐をしながら、のんびり暮らすにはいいと思うよ」

なるほど。拠点で読んだ全国地図を思い出す。

今いるアレティウムは北側寄りの中央部で、東と西どちらの海からも一番遠い場所だった。

だから、海に出るまでも結構遠い。三十離《六十キロメートル》くらいはあるだろう。

でも、この世界に来てから、私は海を見ていない。

しかしよく考えると、日本でも海を見たのは数えるほどだ。海のない埼玉県《さいたまけん》で育ったし、夏にそんなところへ連れていってもらえるような家ではなかった。

海、いいかもしれないな。

「賛成」

「それじゃ、明日は最初北への街道へ行って、本を取り戻したあと、また街に戻って南下し、シノランゴの街を目指すよ」

私は頷《うなず》く。食料は山ほどある。怪我《けが》や病気になっても、基本的な治療《ちりょう》は私の魔法でできる。それに、万が一に備えてちょい工作したブツもある。

あの拠点はやっぱり惜《お》しい。けれど、旅に出るには全く問題はない。

ただ、ちょっと気になることがあるので尋《たず》ねてみる。

「リディナは、この街を出ていいの？」

「ずっといたのは、単にお金がなかったからよ。特に未練なんてないかな。正直あまりいい思い出もないしね」

あまりいい思い出もないか。私の日本に対する思いと同じだ。

もちろん、詳細は聞かない。

私は、自分のその辺について聞かれると嫌だ。だからリディナにも聞かない方針。いつか自分から話してくれたら聞けばいい。ただ、その日は来ないかもしれないなと思う。

私は、日本に捨ててきた嫌な経験とかは、絶対誰にも話したくない。時がたっても話すことがないだろう。それと同じで。

「それじゃ、そろそろ寝ようか」

リディナの言葉に私は頷《うなず》く。二人で部屋の間の壁を展開して、完全に閉める前に、本日最後の挨拶《あいさつ》。

「おやすみなさい」

「おやすみ」

翌朝。朝五の鐘《かね》で起きてすぐ支度をし、五半の鐘《かね》で宿を出る。

まっすぐ門を目指し、冒険者証を提示して、門の横の扉を開けてもらう。

「なんでも、山の中に盗賊のアジトが発見されたそうです。こちらでは被害を把握《はあく》していませんが、一応気をつけてくださいね」

門の受付嬢が、そんなことを言う。

どうやら私たちの拠点は、完全に盗賊のアジトにされてしまったようだ。

別に、この受付嬢が悪いわけではない。あの二人と領主が全部悪いのだ。それはわかっているのだけれど、どうしても嫌な感じがしてしまう。

「わかりました」

リディナの返答と同時に、私も形として頷《うなず》き、そして門の外へと向かう。

急ぎ足で街道を歩く。運よく付近に魔物や魔獣はいない。いても、速攻で倒して回収するけれど。

歩くこと三分の一時《二十分》間程度。私の偵察魔法が、拠点を捉えた。奥行きの分だけ余分に近づいて、止まる。

「フミノ、範囲に入ったの？」

私は頷《うなず》いて作業を開始する。

拠点は昨日同様、兵二人が玄関の左右に立っていた。さらに、その左右少し離れた場所に二人ずつ二ヶ所。つまり、見張りは合計六人だ。

しかし偵察魔法の視点は不可視なので、見つかるはずはない。しかも、扉が開いていようが閉まっていようが関係ない。

そんなわけで、視点は中へ。

リビングには兵のみなさんがマットと寝袋を敷いて転がっていた。まだ朝早いから、みなさんぐっすり状態。

さて、ものの確認はと……

家具類にも本棚の本にも、今のところ欠けも異常もなさそう。

「大丈夫。持ち去られたものはない」

「よかった」

私もとりあえず一安心。

しかしリビングには、兵士のみなさんが眠っている。だから、本棚とテーブルの収納は最後にしよう。

まずは、人がいなそうな風呂場へ。浴槽《よくそう》を収納する。

次は私の個室。誰もいないのを確認して、ベッド、テーブル、棚を収納した。

さらにリディナの部屋の家具一式も収納して、最後に風呂場、トイレ、個室二部屋の扉と扉枠も収納する。

よしよし、まだ気づかれた気配はない。なら、いよいよリビングだ。

兵士のみなさんは睡眠中《すいみんちゅう》だから、遠慮なく収納開始だ。本棚兼食器棚、テーブル、椅子《いす》、座卓……

おっと二人ほど感づいたか。起き出して、あたりを見回す。だが、もう遅い。

窓と玄関扉、扉枠を収納。これで気づかれただろう。

しかし、もう問題ない。撤収だ。

「作業終了」

「じゃ、戻ろうか」

二人とも若干《じゃっかん》早足で、今来た道を戻りはじめる。

「ところで、どれくらい取り返せたの？　本は全部大丈夫だった？」

最初にそこを聞いてくるあたり、やっぱりリディナは本好きだ。

なら、安心させてあげよう。

「家具全部。本棚本を含めてまるごと。貯蔵庫の中の食品全部。私が作った扉と扉枠。はめた窓。あと風呂の浴槽《よくそう》。その辺、全部持ってきた。ただ、リディナが起こしていた酵母菌《こうぼきん》は駄目《だめ》になったと思う。アイテムボックスには、生きたものは入らないから」

回収しなかったのは床材と洞窟《どうくつ》本体くらいだ。さすがに、人が寝ている下の床材は回収しなかった。

でもまあ、板なんてその気になればいくらでも作れる。樹木を枝や皮を払った状態で収納し、一度出して魔法で乾燥《かんそう》させ、板の形状をイメージして再び収納すればいいだけ。

「ありがとう。でも、本当にフミノって規格外よね」

そう言われると困る。

なにせ私は、いまだに独りで街に行くなんて怖くてできない。ギルドに入るのも、リディナが前にいないと無理。買い物だってそう。

その辺は、リディナがいてくれるおかげ。だから今の状態がいい。

「私は、ひっそり静かに暮らしたいだけ」

「そうだったよね」

リディナは苦笑して、そしてため息をひとつつく。

「本当、領主がもっとまともだったらね。ただ、その愚かさの結果も、結局本人へと返っていくんだろうけれど」

「どういうこと？」

意味がわからないので聞いてみる。

「だって、魔狼やオークが減ったからこの街道が安全になって、結果商人が多く通るようになったんでしょ。ギルドでも言っていたじゃない。護衛が足りないくらいだって。もしあの拠点をそのままにしていたら、フミノと私で魔獣を狩るから、安全は保たれるはずだよね。少しでも頭が回る領主なら、それを理解したと思う」

そうか。つまりは……

「魔物や魔獣がいつかは戻る。商人も減る」

「そういうこと。せっかく浮上しかけたのに、また寂《さび》れる一方」

リディナはそこで少し間を置いて、続ける。

「それに、あの拠点を発見したのは偶然でしょ。本当は、この辺を開拓や街の拡張のために調査することが目的だったと思うの。この街道沿いの魔物や魔獣が減ったし、商人が多く通るようになったから。あと一ヶ月から、長くて今年いっぱいは、まだ魔物が少ないかもしれない。でも狩る人がいなくなった以上、いずれ魔獣や魔物の数は元に戻る。それなのに、開拓したり街の拡張をしたりなんてしたら、どうなると思う」

なるほど。それ以上は言われなくても理解できる。

お金をかけて街の拡張や開拓をする。しかし、その頃には私たちはいない。だから魔獣や魔物は増えていく。

当然この街道にも魔獣や魔物は増えるだろう。増えるというか、昔の状態に戻るというか。

そうなると、商人の数も減る。やはり、昔の状態に戻るわけだ。

しかし街の拡張や開拓に費やしたお金は戻らない。結果大損して、財政破綻一直線だ。

「この国は、領主に対しても結構厳しいの。失政が続いたら降爵の上転封《てんぽう》か、下手すれば取り潰《つぶ》し。すでに当代ロレンツォ伯爵は何度かやらかしているし、もう先がないようよ。噂《うわさ》だけれど。だからこそ、盗賊のアジト発見なんてやったんだろうけれどね。そんなの、国の調査が入れば一発よ」

国の調査か。でもそれならば、だ。

「なら、審判庁か何かに訴え出ることは」

「こういったことは、本来は領主の自治の範囲だからね。国民が直接訴えることはできないわ。ただ領主や、せめて町長とか行政区長なんかが、国にそういった報告を入れれば、当然国も事実関係を調べるというだけで」

なるほど。つまり、私たちが何をやってもあの拠点は戻らないのか。

日本では、家とか学校とかは行かなければならない場所、帰らなければならない場所だった。

帰りたい、落ち着ける。そう思えた場所は、考えてみればあの拠点が初めてか、ものすごく久しぶりかだ。

ちょっと涙が出てきた。いけない。リディナに心配されてしまう。

「ごめんね。私が何もできないで」

「リディナのせいじゃない」

そう、リディナが悪いわけじゃない。馬鹿な領主が悪いのだ。

「でも、別の街に行けばもっとまともな図書館もあるわ。大きい街なら、独立した本の販売店もあるし」

そうだな。前向きに考えよう。別に何かなくなったものがあるわけじゃない。アイテムボックススキルのおかげで全部回収できている。

とりあえず、リディナに言っておこう。

「図書館は歓迎。でも、大きい街は苦手」

「そっか、そうだよね。フミノだから」

その通り。私は他人は苦手だ。リディナはなんとか大丈夫になったけれども。

途中、シノランゴの街で買い物をして、東の門から街を出る。

この街道は、ペルジーナという比較的大きな街を経由し、さらに峠《とうげ》をいくつか越えて、東海岸に出る。

南下してラツィオへ続く街道と比べると、通行人はかなり少ない。その辺は、リディナが私のために、この道を選んでくれたのだろう。

私は、魔獣や魔物は怖くない。人と比べたら、よっぽどましだ。倒してしまえば、それで済むし。

それに私は、空属性レベル3で、新たに自動警戒なんて魔法を修得した。

これは、脅威《きょうい》が近づけば自動的に気づける魔法だ。寝ていても自動的に目が覚めて、何が来たかを理解できる。屋外での休憩《きゅうけい》にはぴったりだ。

さらに言うと、人通りが少ない街道で周囲が未開発の森林ならこんなことも……

「あと一時間もすれば、日が暮れるかな。フミノ、野宿でいいんだよね」

「問題ない」

今回の旅立ちは予期していなかった。しかし野宿の準備はできている。

「こっちの獣道に入る」

監視魔法で確認した獣道に入る。

街道から音も気配も感じない程度、直線で五十腕《百メートル》程度の距離まで入って、その後獣道から逸《そ》れる。

高温魔法で足元の草を排除、踏み固め魔法で地面を整えつつ歩く。

これで、獣道でなくともかなり歩きやすい。

こちらも、五十腕《百メートル》ほど奥へ入ったところで停止する。少しばかり木々の間が広めだ。ここでいいだろう。

まずは目の前にある樹木五本をまとめてアイテムボックスに収納する。魔力が減るのは仕方ない。

でも、毎日魔法を使って生活しているおかげで、魔力そのものは来たときよりかなり増えている。

この程度は問題ない。

切り株も根こそぎ収納し、できた穴は、アイテムボックスから新たに出した土で埋《う》める。

踏み固め魔法で平らに均《なら》して広場をつくり、準備は完了だ。

それでは出すか。この日のために、入手以来こつこつと改良してきたアイテムを。

ドン！　出てきたのは木製の小屋だ。

元々は、リディナが勤めていた家の裏庭にあった物置小屋だった。

しかし、私の手でかなり改造されている。

「いきなりこんな小屋が出てくるのって、やっぱり変だよね」

そんなことを言うリディナと一緒に、中へと入る。

ベースは元の物置小屋のまま。でも中は完全に清掃済み。さらに間仕切りして、いくつかの区画にわけてある。

テーブルのあるリビング。ベッドだけの狭い空間だけれど、一応個室の寝室。トイレ。風呂場。

元々十二畳程度の場所を仕切ったから、どこも狭い。

一番広いリビングだって、四畳半程度の広さしかない。寝室はベッドの大きさぎりぎりだし、風呂やトイレも独立しているだけましという程度だ。

しかし、ここなら下手な宿屋よりも落ち着ける。余計な人がいないし、風呂もあるし、寝る場所は個室だし。

さらに狭くなるけれど、これも出しておこう。アイテムボックスから本棚兼食器棚を出して、リビングの片隅に置く。本は必需品だ。少なくとも、私とリディナにとっては。

あとは、トイレの下と風呂の排水溝の下の土を収納して、穴を開ければ完成だ。

「家を持ち歩けるなんて無茶苦茶だよね。確かに便利だけれど」

もちろん、これは褒《ほ》め言葉だろう。うんうんと頷《うなず》いて、受け取らせてもらう。

「それじゃ、私はここで夕食を作るから、フミノは先にお風呂に入っていて」

「わかった」

私は、横開きの扉を開けて風呂へ向かう。

風呂と言っても、浴槽《よくそう》一畳、洗い場一畳程度の狭い場所だ。

しかし、この国ではかなりいい宿屋でもない限り、風呂なんてない。だから、これって実は贅沢《ぜいたく》な設備らしい。

私は魔法でお湯を出して、さっそく湯船に浸《つ》かる。

この風呂場や浴槽《よくそう》は、あの拠点にあったものほど大きくはない。あの浴槽《よくそう》も持ってきているけれど、この家の風呂場のサイズでは入らないのだ。

ここの浴槽《よくそう》は、新規に作った小さめサイズ。それでも、足を伸ばしてゆったりできる程度の大きさはある。

私には必要だから、そこは妥協《だきょう》しなかった。

一日歩いた身体にお湯の温かさがじんわり浸《し》み込む。お湯そのものはぬるめで、摂氏《せっし》四十度程度。このくらいが私の好みだ。

さて、暇《ひま》だから周囲の偵察でもしようか。視点を小屋の上空に移動させて、周囲一帯を確認する。

うん、そこそこいる。

多いのは、やっぱりゴブリンだ。こいつらは、基本的にどこでも出てくる。空気中にある魔素から自然発生するので、退治しても退治しても減ることはない。

しかもゴブリンは、人の気配に近寄ってくる性質がある。だから、街の周辺や街道沿いはどうしても出やすい。

あと、魔狼もいないことはない。ただかなり遠くだから、気にする必要はないだろう。

魔熊やオークはいないようだ。いい収入になるので、いれば狩るのだけれど。

それでは、私とリディナの収入のために、ゴブリン狩りをはじめよう。

今の私なら、風呂に入ったままでも狩りができる。偵察魔法とアイテムボックススキルを併用すればいい。

何も知らずに歩いているゴブリンの足元の土を一気に収納！

穴に落ちたら、上からそこそこの大きさの丸太をドン！

哀れゴブリン三匹は丸太の落下によりお亡くなりになった。ゴブリンの死骸《しがい》と使用した丸太を収

納すれば、狩り完了だ。

なお、ゴブリンを落とした穴は、邪魔にならない程度に埋《う》めておく。収納した土は私の武器代わりになるから、ある程度はストックしておかないといけない。

暗くなると、ゴブリンの活動が活発になる。うん、いいことだ。とりあえず、近場のゴブリンたちは全部私たちの収入になってもらおう。

ちなみに、アイテムボックス極3でも、収納したものを収納したまま魔法で加工することはできない。

枝を払うとか、樹木の皮を剥《は》ぐとか、ある程度の丸太にカットする程度はできる。さらに、カットして板にすることだってできる。それは、アイテムボックスの機能の範囲内だから。

しかし、魔法で燃やしたり、乾燥《かんそう》させたり、水漬けしたりなんてことはできない。少なくとも今の私には、アイテムボックス内のものに魔法を使うことはできないのだ。

だから、板への加工はしない。一度乾かないと曲がることがあるから。

同様に、ゴブリンの死骸《しがい》もアイテムボックス内では燃やせない。明日、起きてから外でやって魔石を取るつもりだ。

「ゴブリン一匹銀三枚、三匹狩れば銀九枚～♪」

鼻歌を歌いながら、偵察魔法で見つけたゴブリンを退治していく。

ゴブリンにとっては冷酷無比な存在だよな、私って。

でも心は痛まない。世の中そんなものだと思っているから。

神様がこの世界に送ってくれるまで私の周囲は酷かった。けれど、誰も助けてくれなかった。
同じ人間だってそんなものだ。人間と動物ですらない魔物なんて、分かり合えるはずはない。
調子に乗って小銀貨三十枚ほど稼《かせ》いだところで――

「フミノ、ご飯できたよ」

リディナが呼ぶ声が聞こえた。よし、それでは作業終了だ。

「わかった。髪を洗ってからあがる」

ちょい熱めのお湯を桶《おけ》に入れて、髪を洗いはじめる。
今日の夕食はなんだろう。楽しみだな。

翌朝。さあ、これから歩きはじめようというときだった。

「なんかフミノって、どこへ行っても生きていけそうな気がする」

リディアに半《なか》ば呆《あき》れ顔で、言われてしまった。
こうなった状況を、もう一度整理しよう。
朝食を食べて家を収納し、トイレ穴と排水穴を埋《う》めて街道に出る。
街道を見てふと気づいた。焼土舗装《ほそう》の街道はものを燃やすにはちょうどいいな、と。
だから、昨日狩ったゴブリンの死骸《しがい》をアイテムボックスから全部出した。そうしたら、リディナに冒頭の言葉を言われてしまったわけだ。

「このゴブリンって昨日、あの家に入ったあとに始末したって言ったよね」

私は頷《うなず》く。その通りだ。

「確かあのあと、朝になるまで、フミノは家の外に一歩も出ていないよね」

私は再度頷《うなず》く。まったくその通りだから。

「それなのに、こんなにゴブリンを退治したの？」

私は頷《うなず》くしかない。

処理のために出したゴブリンの死骸《しがい》は合計二十四。

魔物は夜行性だから、夜に多く活動する。当然、夜の方が多く見つけることが可能だ。偵察魔法は暗視機能もあるので、暗くても問題はない。

そして夜、風呂の最中とか寝る前とかは暇《ひま》。場所も街道近くの森の中という、ゴブリンが出やすい絶好の環境だ。

だからつい、偵察魔法とアイテムボックスを駆使して、やってしまったわけだ。

「どうすれば、家の中にいたままこんなに狩れるの？」

「拠点から本や家具を取り戻したのと同じ方法」

そう言えば、リディナならわかるだろう。

「つまり、偵察魔法で家の外を見て、見つけたゴブリンを穴に落として埋《う》めたの？」

惜《お》しい。少し違う。

「埋《う》めただけでは、ゴブリンは死なない。だから穴に落としてから、収納した丸太を頭上に落として殺した。あとは収納するだけ」

微妙な表情でリディナは頷《うなず》く。

「それなら家の中にいたままゴブリンくらい退治できるよね。でもそれ、私以外の人には見せないほうがいいかな。驚かれるだけならいいけれど、下手すると、その能力を狙う悪者も出そうだから」

うんうん。もちろんだ。そもそも、リディナ以外と会話できる自信はない。

「本当、フミノってこんなに凄《すご》いのに、なんで他人と会話することすら苦手なんだろ」

「個人的諸事情」

今の私にはそうとしか言えない。

リディナは苦笑した。

「そうなんだろうけれどね。なんか見ていてもったいない」

そう言われても困る。

「別に多くは望まない。静かに暮らせればそれでいい」

「でもよく考えたら、この国へは修行に来たんだよね。だったら、本当にそれでいいの？」

あっ。そう言えば、リディナに最初出会ったとき、そんなことを言ったような気がする。

そろそろ話が合わなくなってきたようだ。ここは素直に訂正しよう。

「ごめん。本当は環境が酷すぎて逃げてきた」

リディナは苦笑した。

「そっちの方が本当っぽいかな。まあ、どうであれフミノはフミノだから、それでいいけれど。助けてもらったし、魔法も教えてもらったし、一緒にいれば本も読めるしね」

私としては、リディナがいてくれれば問題ない。

「さて、今日は途中ペルジーナでお買い物して、さらに進むよ」

「途中、冒険者ギルドに寄っていい？」

「もちろん」

うんうん、これで昨日と今日の成果をお金に換えられる。

あ、でも待てよ。

「ペルジーナって、大きい街？」

「ラツィオやフロレントほどではないけれど、アレティウムよりは大きな街よ」

待てよ。そんな大きな街なら、冒険者ギルドも人がたくさんいそうだ。怖い男の人もいたら、どうしよう。想像しただけで、心臓がぎゅっとする。

駄目《だめ》だ、やめておこう。まだお金はあるし、急ぐことはない。

「冒険者ギルドはいい。小さい街で行く」

「わかった」

リディナがまたもや苦笑する。理由を察した模様だ。

さて、ゴブリンは完全に灰になった。魔石をアイテムボックスに回収し、私たちは歩きはじめる。

「この先はどう？　何か出そう？」

「今のところ特に何もない。通行人もいない」

今も上空から見下ろす視点で、偵察魔法が発動中だ。

「フミノの偵察魔法って便利よね。私の監視魔法だと、近場しか見えないし」

「空属性のレベル２。監視が自由に視点を変えられるようになっただけ」

　ただ監視魔法でも、障害物を透過して魔力や生命力を把握《はあく》できる。だから実際に目で見るよりは遥《はる》かに便利だ。

　さて、今日も天気は良好だ。そして今は八月。山間部のここも、歩いていると、そのうち暑くなる。

　しかし、そういった際に便利な魔法がある。あるというか、私が作った。

「フミノ、ごめん。またあの涼しい魔法、見本でかけてみてくれない？　もう一度、魔力の流れを確認したいから」

「わかった」

　この魔法は、水属性と風属性の魔法をあわせた私のオリジナルだ。

　イメージするのは空気の流れで、風属性の送風で下から風を送り込み、背中経由で首筋へと通していく。さらに、風を両脇経由で両手の先へ。これがスムーズに流れるようになったら、送り出す風を温度低下で冷やす。すると、涼しい風が背中側を中心に全身へと流れる――という魔法だ。名付けて、個人冷房魔法。

　いわゆる、空調服と同じ理屈だ。温度低下で空気を冷やす分、効果はより大きい。

　実際こんな魔法、誰でも考えつくだろう。少なくとも私はそう思う。

　しかし、なぜか大事典にも魔法の本にも載っていなかった。レベル１相当でできる魔法なのに、なぜだろう。

私自身は冷え性だが、暑さに強い。だから、まだこの魔法は必要ではない。

それでも、リディナの見本として発動させる。

「こんな感じ。温度低下と送風をあわせてイメージする」

「ちょっとやってみるから、止まって」

私たちは立ち止まる。

「送風で空気を流して、流れたら風に温度低下をかけるんだよね」

その通りだ。私は頷《うなず》く。

「うーん、止まっているとなんとか。ちょっと歩いてみるね」

リディナはそう言って歩き出す。五歩程度で、空気の流れが乱れた。

「やっぱり歩きながらって無理よ。難しすぎる」

そうだろうか。私は割と簡単にできたのだけれども。

「なら、今日は私がかける」

「お願い」

リディナは私と違って暑がりだ。体形は私と同じく細めなのに、どこが違うのだろう。

そう思いつつ、個人冷房を発動させる。リディナが、はあっと息をついた。

「やっぱりこれ、涼しくていい。なんとしてでも使えるようにしないとね」

私は頷《うなず》き、そしてまた、私たちは歩きはじめる。

レベルによって、魔法でできることは増えていく。でもそれを使いこなせるかは、魔法の動作をどこまでイメージできるかにかかっている。

図書館で買った『魔法学概論　～複合属性編～』にはそう書いてあった。

そして、私はイメージというか、空想は得意だ。

遊び友達もいない、本も買ってもらえない、何もないときには空想で楽しむしかなかった。

この個人冷房魔法も、そんな私の空想力で動いてくれているのだろう。

だが、空想できても使用できない魔法はまだ数多い。日本の某掲示板にあった最強魔法とか。

これはきっと、私のレベルが足りないせいだろう。今後レベルを上げるべく、精進せねばなるまい。


歩いて野宿してで四日目の朝、十半の鐘《かね》過ぎ。

ついに、私たちは東海岸へとたどり着いた。

「これが海なのね。広い」

私たちの目の前は砂浜だ。

ここは、アンコンというそこそこ大きな街の東北側だ。一応この砂浜も街壁の内側、つまり街の内部の扱いのようだ。

私たちの通った街道が西北側でこの街に入る。だから最短で海に出ることができるのがこの場所だった。

そして今は夏。避暑というか、海水浴に来ている人がそこここにいる。

「海に触れるところまで行きたいけれど、いい？」

リディナの問いかけに、私は頷《うなず》く。仕方ない。もちろん、こういった場所は苦手だ。

しかし、リディナが海を見たことがないというので仕方ない。

ただ、こういった場所には私が特に苦手とする生物がいる。俗に陽キャと呼ばれる連中だ。

この国にも陽キャが生息しているようだ。もう恰好《かっこう》だの動きだのでわかる。

私はそういった連中と目をあわせないよう注意しながら、リディナと波打ち際を目指す。

「砂の上って初めてだけれど、歩きにくいね」

「そんなもの。足をとられる」

「でも、裸足で歩く感触はいいよね」

ビーチのあちらこちらに、カラフルなドームが設置されている。

ドームとは柳材をフレームに使用した自立型のタープだ。

大きさは大型のドームテント程度。テントと違い、壁の二面がなく素通し状態になっている。この中で、人が座ったり寝転んだりして休憩《きゅうけい》するわけだ。

場合によっては、このドームは壁のない二面にも目隠しを出して、中で密着型御休憩《きゅうけい》をする……なんて使い方もするらしい。

まあ、人間も生物だ。そう思えば、産めよ増やせよも正しい行動なのだろう。私にはまったくもって関係ない話だけれど。

目につくところでやらなければそれでいい。無視するから。

そんなドームとか人とかの障害物を避けつつ、私たちは波打ち際へ向かう。

濡《ぬ》れた砂の部分は、締まっている分だけ歩きやすい。そして、やってきた波が私たちの足へ。

「水温はぬるいね」

「夏だから」

川の水よりかなりぬるいと感じる。ただ、寄せては返す波の感触が気持ちいい。

「味を確かめてみていい？」

どうなるかは想像できる。しかしここで駄目《だめ》というわけにもいかないだろう。

私は頷《うなず》きつつ、アイテムボックスの中からコップを取り出しておく。中に、あの少し甘い乳清《にゅうせい》飲料を入れておこう。さらに、サービスで温度低下魔法を使い、少し冷やしておく。

「うわっ、ぺっぺっぺっ、塩辛《しおから》い！」

予想通りの反応だ。私はコップを差し出す。

リディナはくいっと、コップの中身を口の中へ。

「ありがとう。落ち着いた。フミノはわかっていたのね、こうなるってこと」

そういうことだ。まあお約束みたいなものだし。

「それじゃ行こうか。ギルドに寄らなきゃならないし、買い出しもしなきゃね」

「こっち」

私は先に立って歩きはじめる。

なぜそっちへ歩くのか、リディナは気づいていないようだ。

もしリディナが、私が歩き出した方向の反対、左後ろを見れば気づいただろう。砂に足を取られて転んでいる、若い男二人に。

もちろん、転んだのは彼らが足元不注意だからではない。明らかに、こちらをナンパしようとしていたから、私が仕掛けた。

私は、偵察魔法で常に上から周囲を見ている。だから、顔をそちらに向けなくとも、動向を把握《はあく》することは容易《たやす》い。

そこで、彼ら二人の右足元の砂を十指《し》（十センチ）ほどの深さで収納させてもらった。私たちに声をかける寸前を狙って、だ。

彼らが転んだ音は、波の音に消されて、こちらには聞こえていない。

彼らに悪いとは思わないし、同情もしない。革鎧にマントという私たちの恰好《かっこう》を見れば、バカンス中でないことくらい一目でわかるはず。そんな私たちを、ナンパしようとする方が悪い。

まあ、彼らの目的は、私ではなくリディナだろうとは思う。私の顔は、陰気そうだと定評があった日本時代から、全く変わっていないはずだから。

でも待てよ、彼ら、こっちの顔を確認していないような気も。こっちが海辺まで来たのを見て、背後のドーメからやってきたし。

ひょっとして、異性なら誰でもいいのだろうか。性欲が服を着ている感じで。

服を着ているというか、パンツのみの半裸だけれど。海だし。

追いつかないように、起きかけたところで、もう一度足元の砂を収納する。二人ともまたこけた。

これでもう、こちらを追ってはこないだろう。

「フミノ。先にギルドに行く？」

私は頷《うなず》く。できれば買物時に持ち金に余裕がある方がいい。そうすれば、余ったお金で図書館にも行ける。

このアンコンの街は、オッジーモ子爵領の領都だ。街の大きさは、アレティウムよりやや小さい。それでも、図書館はあれよりはましだろう。今までに買った小説はとっくに全部読み終わってしまったから、新しい本を買うのが楽しみだ。

そう思ったとき、私の監視魔法が第一級の危険を感知した。私はただちに右へと進路を変え、危険から逃れようとする。

さらに、アイテムボックススキルで、とある場所の砂を収納する。しかし、敵は持ちこたえた。正確に言うと、新たに近づく三人の男のうち一人はこけたが、他二人はなんとか耐えた。

「ねえ、君たち。ちょっと俺たちと遊ばない」

センスも独自性もまるでない台詞《せりふ》は、どこの陽キャでも共通のようだ……なんて思って誤魔化《ごまか》そうとしても駄目《だめ》だ。心臓が縮むような痛みを感じる。怖い。呼吸がおかしくなる。

以前なら、耐えられずしゃがみ込んでしまっただろう。でも、今はぎりぎり耐えられる。

これは、ここ数ヶ月リディナと暮らし、さらに何度か街に行って鍛《きた》えたおかげだ。

私も進歩しているのだ。それに、リディナもいてくれる。

「このあと用事があるので」

リディナが断っても、やつらは諦《あきら》めない。

「まあまあ、少しくらいいいだろ」

「こう見えても俺たち、金持ちなんだぜ」

「なんなら、そっちの君だけでも」

うざい。それ以上近づくな。リディナも、表情から同じように感じていることがわかる。

これ以上近づかれると、私が恐怖に耐えられなくなる。

リディナが私の方を見て口を開いた。

「フミノ、いいから埋《う》めちゃって」

「了解」

リディナのお許しが出た。なら、私のためにも遠慮なく。

三人の下の砂をごそっと収納する。深さは腰より深いかな程度。

落ちた瞬間、砂の八割は戻してやった。結果、三人とも砂の中から上半身だけ生えた状態になる。

ビーチだし、これくらいは問題ないだろう。両手は自由なので、ある程度頑張《がんば》れば抜け出せると思う。きっと多分、おそらくは。

周囲の一部から拍手《はくしゅ》が起きた。

どうやら埋《う》まった三人は、他の人からもうざいと見られていたようだ。

なら、問題はないだろう。私、ほっと一息。

「フミノ、大丈夫？　気分が悪くなったりしていない？」

「問題ない。これでいい？」

「上出来よ。しばらく砂遊びでもしてもらいましょ」

私たちは歩き出す。そしてふと思った。砂もなかなか便利だなと。

砂は崩れやすい。しかし、だからこそ穴を埋《う》めるのには使いやすそう。

しかも、埋《う》まったものが土より汚《よご》れない。

仕入れるなら、今のうちだろう。私は周囲から少しずつ砂をアイテムボックスに収納しはじめる。

あくまで周囲に気づかれないよう少しずつ。でも大量に。

第五話　天蚕《てんさん》織物を求めて？

アンコンの冒険者ギルドに、他の冒険者はいなかった。

お昼前のこの時間なら空《す》いているだろう、と思ってきてはいるのだけれど。

「どんなご用件でしょうか」

ここも、無事若い受付嬢に受付してもらえた。これだけで、かなり気分が楽になる。

「魔物を狩ったり、薬草を採取したりしてきたんですが、いいですか」

「ええ、こちらで買い取り及び褒賞金《ほうしょうきん》の支払いをさせていただきます」

よしよし。

「それでは、冒険者証を見せていただけますか」

いつもの手続きが始まる。

最初に冒険者ギルドを訪れたときのように、全てを一気に出すような真似《まね》はもちろんしない。

ただし、収納した量はそこそこ多い。

遠隔で獲物を倒せるようになった上、人の少ない街道を歩いてきたのだ。

以前の半月分とは言わない。しかし、一週間分以上は確保している。

「……これで、全部でしょうか」

いや、まだまだ全然だ。

「まだ魔狼と魔猪があります」

カウンターから溢《あふ》れない程度に出す。私もそれなりに学習しているのだ。

受付嬢さんが備えつけの自在袋に片づけて尋《たず》ねる。

「あとはありますでしょうか」

もちろん、まだまだ在庫は残っている。

「他に角兎も……」

「まだ……」

「魔石と薬草も……」

出すのは私、受け答えはリディナが担当だ。

アレティウムの冒険者ギルドなら一発で終わるのに。そう思いつつ、出して収納してもらってを繰《く》り返すこと十数回。

ようやく全部出し終えた。

「以上です」

「わかりました。それでは計算してまいります。しばらくお待ちください」

自在袋を束にして、受付嬢がバックヤードへ消えていく。

「出しすぎたかな」

「大丈夫よ。それにここに長居しないしね」

そんなことを話しながら、しばらく待つ。

なお、こちらを窺《うかが》っているような冒険者は今のところいない。最初のときに絡まれて以降、その辺は常に注意をしている。

「お待たせいたしました」

計算書を確認。問題なし。リディナと二人で頷《うなず》きあう。

今回もなかなかいい収入になった。よしよし。

「それにしても、こちらのパーティは、かなり大容量の自在袋をお持ちなんですね」

ぎくっ。

「魔女に作ってもらった専用品で、フミノしか使えないんです」

さっとリディナがそう説明してくれた。助かる。

人間相手にとっさに反応することは、まだ私にはできない。相手が魔物や魔獣なら、なんとかできるのだけれども。

「実は、大容量の自在袋をお持ちで、かつ魔獣や魔物に強い冒険者にお願いしたい案件がありまして」

「私たちのパーティは、討伐専門なのですけれど」

「せめて、内容だけでも見ていただけますか」

リディナが断ってくれたが、受付嬢は諦《あきら》めない。

依頼票を私たちに提示する。針の痕跡《こんせき》があるので、掲示板から持ってきたようだ。

内容を見てみる。緊急運搬の依頼だ。

運搬するものは、小麦粉百重《じゅう》、トウモロコシ粒五十重、ライ麦粉二十重。

一重は約役六キログラムと大事典にあったから、キログラムに直すと、それぞれ六百キロ、三百キロ、百二十キロになる。

運搬区間はここアンコンから、南西へ三十離《六十キロメートル》の位置にあるフィリロータという村まで。

フィリロータは、険《けわ》しい山に囲まれた盆地の村らしい。

そこへ向かうただ一本の街道に魔狼の群れが出たことにより、村が孤立。

孤立に伴い、急速に食料事情が悪化しているため、食料を緊急運搬する必要があるとのことだ。

ここまではいい。私のアイテムボックススキルを使わなくとも、自在袋の数が充分あれば、これくらい運ぶことは可能だから。

だが、詳細事項その他に問題がある。リディナに指摘されるまでもない。私にもわかる明らかな瑕疵《かし》だ。

「失礼ですが、これは冒険者の仕事ではないですよね。領主が、自領の兵士を使ってやるべき仕事なのではないでしょうか」

　リディナが言う通りだ。

　まず『自在袋は、依頼者及び冒険者ギルドで用意しない』とある。これでは、高価な自在袋を冒険者自身が用意するしかない。

　運搬専門の冒険者でもない限り、こんな大量の食料を収納可能な自在袋など所持していない。私のアイテムボックススキルなら充分入る。けれど、そんなの例外中の例外だ。

　さらに、出没する魔獣が魔狼だ。それも、上位種の白魔狼を含む二十四以上の集団とある。

　魔狼を討伐する場合、本来はC級以上で実戦可能な冒険者が、魔狼の半数以上は必要になる。冒険者二～五人程度の単独パーティで魔狼の群れに出遭《であ》った場合、冒険者がよほどの強者でもない限り、ほぼ確実に失敗、下手すれば全滅だ。

　確かに私は一人でなんとかできるが、これは例外だ。

　今では私も、リディナに聞いたり本を読んだりで、その辺の常識は把握《はあく》済みだ。

　つまり、自前で高価な自在袋を多数そろえて、魔狼に見つかればまず助からないリスクを背負って、これらの食料を運搬しなければならない。

　また報酬《ほうしゅう》とされている正銀貨五枚とは、通常は冒険者一人を一泊二日拘束する料金だ。しかし街の外に出る依頼は、事故や危険を鑑《かんが》みて、複数で行うのが常識となっている。

　しかも自在袋を自前で用意する料金も含まれていない。

　つまり褒賞金《ほうしょうきん》の割に条件が悪く、リスクが高すぎる。常識的な冒険者ならまず受けないだろう。

当然そのことは、ギルドの職員であるこの受付嬢もわかっているはずだ。

「そうなんですよね。本来は、領主が領騎士団を使って魔獣狩りをすべきところなんです。原因である魔獣さえ狩ってしまえば、商人が自然と行き来して、食料問題も解決するでしょうから」

その通り。

「なら、なぜこんな依頼が出ているのでしょうか」

「領主である、オッジーモ子爵の政策のせいですね。当代のオッジーモ子爵は、利益を生まない経費を極限まで削減しています。領騎士団も数を極端に減らしています。ですから、こういった際に派遣可能な兵士が領内にはいません。だとすると、適正な額を出して冒険者を集めるべきでしょう」

受付嬢さんが言うとおりだろう。私もリディナも頷《うなず》く。

「ですが、オッジーモ領は子爵領ですから、それほど大きくありません。領内でC級以上で実戦可能な冒険者は現在のところ、リディナさんたちを含めて、三パーティ八名のみです。ですので、最低でもその八名を指名依頼で確実に確保。その上で同等の冒険者、それも直接戦える方を十二名以上は近隣他領の冒険者ギルドに依頼する必要があるでしょう」

まさにその通りだと思うので、私たちは頷《うなず》く。

受付嬢さんも頷《うなず》いた。そしてさらに説明を続ける。

「しかし、指名依頼をしたり他から冒険者を呼んだりすると、経費が余分にかかります。領法により、冒険者に依頼する金額はギルド標準料金とするとされています。また、年間の討伐関係予算もかなり抑えた額となっています。そのため、これらの経費を迅速《じんそく》に出すことができません。結果、当座の間に合わせとして、こんな依頼が出てしまうわけです」

うーむ、この国でもこういった官僚政治的な問題が出てくるものなのかと思う。

ファンタジー系異世界って、もっと単純なものかと思っていたのだが。

まあ私やリディナ、この世界に住む人間にとって、ここは異世界ではなく現実なのだけれども。

「フィリロータとは、どんな村なんですか。国が本腰入れた対策を行うには、どれくらい時間がかかるんですか」

リディナがさらに尋《たず》ねる。

「天蚕《てんさん》を使った織物が有名な村ですね。ですが、谷間にあって土地が狭いので、農業は自家消費の野菜くらいしか作っていません。ですので、穀類《こくるい》などはどうしても他から購入する形になります。ただ、魔狼が出てからここ一ヶ月、商人が村へ行っていません。このままですと、あと半月程度で村の備蓄が底を尽きると予想されています。領主に任せていたら、間違いなく間に合いません。本当にその金額が必要なのか再調査とかやらせて、半年はかかるでしょうから」

ある程度の状況は理解した。

詰みということも。

「とりあえず、考えてはみます」

そう返事して、私たちは冒険者ギルドをあとにする。

「どうする、フミノ。パーティとしては受けない方が正しい。それは、わかっているんだけれど」

リディナの言いたいことはわかる。

どうしたいかもなんとなくわかる。ただ、私にはそう感じられないだけだ。

きっと、それは私が壊れているからだろう。かつての環境で打たれすぎたせいで。

他人は怖い。自分ではないから。何をするかわからないから。

だから、他人の痛みを笑うこともできる。

他人が苦しんでいるのを娯楽《ごらく》として楽しむことさえできる。

その目の前にいてさえ、いや目の前にいるからこそ、余計に娯楽《ごらく》として楽しめる。

それは、他人の痛みがわからないからできるのだろう。

他人は自分と同じ人間ではない。自分と同じ人間と認めていない。

ゆえに、相手の痛みを理解する必要はない。そうでなくてはできないはずだ。

私はそうされた経験がある。だから、私も当然同じように思うわけだ。

その方が、私にとっても楽だ。同じ人間が、私を虐《いじ》めていたぶって楽しんでいると思いたくない。

つまり、他人は人間じゃない。道具とか機械とか物語のキャラクターとかそんなもの。いつからか、私はそう思うようになった。

他人が苦しんでいても、困っていても、自分が何か感じる必要はない。他人は人間ではないのだから。今の私にとってはそれが自然だ。

それでも、現場で当人が目の前にいれば、別なときもある。私の経験で、疑似的にでも理解したと錯覚《さっかく》できるときもある。リディナが馬車から放り出されたときのように。

でも、今回は違う。

困っているというのは単なる情報。情報だけでは、私は錯覚《さっかく》できないはずだ。けれど、きっとリディナは私と違う。

リディナは、他人に甘くしていると利用されるとか言うくせに、お人よしだ。面倒見だってかなりいい方。この私にずっと付き合ってくれるくらいに。お節介《せっかい》だと思うけれど、それに甘えたくなる錯覚《さっかく》を起こすくらいに。

だから、今回はリディナの思いにのってやろうと思う。

理由は簡単。リディナに離れられると、私が困るから。

リディナは信頼できる。あの、家具代を断ったときにそう思った。

金銭的に有利なことを断れるというのはきっと、それ以外の価値を感じているからだろう。

私にとって、リディナはいてもらわなければならない大事な道具だ。他人だから、人ではない。でも大事な道具。この世界の常識、他人との会話、そういったこと一切を任せることができる道具。優秀かつ裏切らない道具。

一方、リディナは私にどういう価値を見いだしているのだろう。私にはわからない。理解できない。それでも私は、大事な道具であるリディナを手放したくない。

ならば、リディナが私から離れないようにするにはどうすればいいだろう。道具として離れないためには、どういう使い方をすればいいのだろう。

一番簡単なのは、お金を与えて引きつけること。しかし、それはリディナが断った。必要なときに貰《もら》えばいい、あとは安全のためにフミノが持っていてって。

待遇をよくすることも考えた。でもリディナは、私が私自身以上にリディナを遇しようとすると怒る。対等にしろと言う。だから、この方法も使えない。

私はそれ以外の方法で、リディナをつなぎ留めるしかない。

きっとリディナは今回、フィリロータの村をなんとかしてやりたいと思っている。

なんとかしたいというリディナの気持ちは、私には理解できない。けれど、その気持ちは推測可能だ。

だから、なんとかしよう。村のためではない。私がリディナを逃がさないために。

『本当にそうかな？』

リディナにそう聞かれた気がした。

『本当に私を引き留めるためだけが理由かな？』

もちろん気のせいで、空耳だ。空耳に私は頷《うなず》く。

その通りだ。私自身には理由はない。他人は自分ではないのだから。

心のどこかが痛覚を発した気がした。でもきっと、これは気のせい。

さて、空耳のリディナにはそれでいい。しかし、現実のリディナに対しての説明が必要だ。

説明というか大義名分、もしくは言い訳。リディナに逃げられないようになんて理由は、本人には言えない。そして、ちょうどいい理由もいくつか思いついている。

「依頼は受けない。でも、フィリロータには行く」

「いいの、フミノ？」

「絹織物は好き。肌触りがいい」

これは、思いついた言い訳のひとつだ。

リディナも、言い訳だとわかるだろう。

それでも大丈夫。リディナなら、この言い訳でも頷《うなず》いてくれるだろう。今はそれでいい。たとえ、リディナが私の意図を曲解しているとしても。

「これから、買い物をして出よう。買うべきものはリディナに任せる。買い物をしたら、街を出る。野宿して、フィリロータに向かう」

これでいい。あとはリディナが判断してくれる。

適切なものを適切な量、手配してくれるはずだ。

お金は充分ある。アレティウムの街を出てから、まだ図書館に寄っていないから。問題はない。

「それじゃ、市場に行こう」

私とリディナは歩きはじめる。

購入したのは、小麦粉百重《六百キログラム》、トウモロコシ粒五十重《三百キログラム》、ライ麦粉二十重《百二十キログラム》。

どこかで聞いたような量だけれども、気にしない。

他に、私たちの食料も購入している。そちらは、テイクアウトとかパンとか野菜とか調味料が中心だ。肉だけは大量にあるので買わない。

あと私のリクエストで、海の魚のうち新鮮そうなもの数匹。これは、刺身を作ろうという野望のためだ。

　実は刺身だけではなく、寿司を食べたいというさらなる野望もある。米、それも短粒種のうるち米の白米も既に購入済みだ。

　ただ、寿司酢をうまく作る自信がない。酢の風味がかなり違う気がするし、甘味料もこの国では砂糖ではなく水飴《みずあめ》が普通だ。その辺は、研究の必要があるだろう。

　それでも、醤油《しょうゆ》の代用品は既に考えてある。魚醤《ぎょしょう》を三倍に薄めたものを煮《に》たてて香草を加えると、かなりいい感じになるのだ。

　ホースラディッシュの地下茎《ちかけい》をすり下ろせば、ワサビっぽいものもできる。

　ただ急いでいるので、図書館はパスしてしまった。悲しいが仕方ない。どうせ旅行中だ。また大きな街にでも寄ったときに行けばいい。

　そんな感じで南西方向、フィリロータへ向かう街道に入る。

　街から離れると、目に見えて道が荒れてきた。焼土舗装《ほそう》のところどころがひび割れて、草が生えはじめている。

「道の状況が悪くなりはじめた。なぜだろう」

「整備不良だと思うわ。普通は、焼土舗装《ほそう》の道は三年に一回程度、高熱で焼き直したり粘土《ねんど》を塗ったりして、整備するの。それがされていないんだと思う」

　なるほど。そして、考えれば思い当たることがある。

「これも、なんとかという領主のせい？」

費用削減でまともな魔狼対策をしない領主なのだ。道の整備なんてものもケチるかもしれない。

リディナは歩きながら頷《うなず》いた。

「だと思うよ。こういった道路の整備は、領主家の業務だから。メインの海沿いの街道は国道として扱われて、国から補助が出るし、整備状況の確認もある。でも、こういった領内の道路はそれがない。そのせいで、お金がかかる整備をしなくなっているんじゃないかな。ただこの感じだと、整備放棄してからそこまで時間は経っていないと思う。多分五、六年くらい」

年数までわかるのか。

「なぜわかる？」

私にはわからないので聞いてみる。

「ひび割れや草の生え具合でだいたいわかるよ。その辺は経験もあるかな。アレティウムの、あの拠点に近い方の道も、これに近い状態だったよね。あの街道はあまり使われないから、整備がいい加減だったし」

なるほど。言われてみれば確かにアレティウムの、拠点の近くの道に似た感じだ。

道が荒れただけではない。偵察魔法でひっかかる魔物が一気に増えてきた。多くはゴブリンだが、魔猪、魔鹿なんてのも結構ひっかかる。

「魔物の反応が多くなった。最初の拠点にいたときと似た感じ」

「領騎士団が足りないから、魔物狩りをしていないんじゃないかな。あと、冒険者もあまりいないみたいだし。だから、魔物が狩られずに増えているんだと思う。これも、アレティウムと同じだよね。

駄目《だめ》な領主は利益に直結しないこういったところを、おそろかにしちゃうから。でもそうすると余計にさびれちゃう。アレティウムなんかまさにそうだし。アンコンは国管轄のメインの街道が通っているし、海沿いで開《ひら》けた場所にあるから、まだましだけれど、この先にあるはずのフィリロータの村もそうなんじゃないかな」

なるほど。道路整備も含めて駄目《だめ》領主の典型的な状況と。そうなると……

「図書館も駄目駄目《だめだめ》だったかも」

リディナも頷《うなず》く。

「本については、さっさと次の街へ行く方が正解かもね。ところで、魔物が多くなったってことは、魔狼もいそう？」

雰囲気《ふんいき》的にはいそうな感じだ。しかし、魔狼の反応そのものは確認できていない。

「まだ発見できない。もう少し先だと思う」

現在、上空百腕《二百メートル》程度の高さから、偵察魔法で私たちの周囲を広範囲に監視中だ。

魔物を倒しながら歩いて約半日。日がだいぶ山に近づいてきた頃――

「あまり進んでいないけれど、今日はこの辺までにしようか」

アンコンからフィリロータまでは三十離《六十キロメートル》。

昼前くらいに出たので、進んだ距離はその半分行くか行かないか。でも歩いて進む距離なんて、そんなものだから仕方ない。

「わかった」

いつも通り獣道で脇に逸《そ》れて、お家を出す。

「この家があると、宿に泊まれなくなるよね。お風呂が快適だし」

確かにその通りだ。風呂だけではない、慣れている場所だし、部屋が個室、それに他の人と会う可能性も全くない。

どんな宿よりずっと落ち着ける。私は頷《うなず》いて、リディナと中へ入る。

「それじゃ、夕食を作るね。魚料理でいい？」

そうだ、今度は刺身を作ろうと思っていたのだ。

しかし今日は疲れた。歩いたし、砂浜でアレな陽キャを埋《う》めたり、ギルドでとんでもない領主の話を聞いたりで。

疲れたときに新しいことをすると、きっと失敗する。

だから、お刺身は今度の機会にしよう。

「魚料理がいい。お願いして、いい？」

「もちろん。待っていてね」

「わかった」

この家のリビングは狭い。日本風に表現して、四畳半あるかないか。そこに、本棚や食器棚、テーブルに食料貯蔵庫なんて置いてある。

そのため、私がいるとリディナが料理をする邪魔になってしまうのだ。

それがわかっているので、私は自分の部屋へ、スティヴァレ全国地図帳を持って移動。

今度行くフィリロータの村、そしてオッジーモ子爵領について見てみる。

こうして見ると、ここオッジーモ子爵領は、アレティウムの街から結構近い。特に、南西部にあるフィリロータなんて、直線距離で二十離《四十キロメートル》くらいだ。間に険《けわ》しい山脈がそびえているので、直接の行き来はできないけれど。

オッジーモ子爵領は、アンコンの他、フィリロータなど三つの村が所属しているようだ。栄えているのはアンコンだけで、他三つの村はいずれも小さめだ。

そして、フィリロータは山間部の谷間にあって、道は北東のアンコンまで川沿いに進むものしかない。他は、山で道が通せないようだ。

これなら、フィリロータは確かに道一本が通れなくなるだけで、孤立するよな。なんてことを考えたとき、リビングからリディナの声が聞こえた。

「ところでなぜ、依頼を受けずにフィリロータ村を目指そうとしたか、聞いていい？」

どう説明しようか。まず思ったことは……

「あの依頼は領主から。依頼が成功した場合、領主の依頼、そして政策を認めたことになる。それは絶対避けたかった」

少し考え、さらに付け足す。

「やるべき仕事をしていないのに、自分はよくやっていると誇るようなやつは嫌いだ」

これは、フィリロータへ行くと決めてから考えた理由。だけど、嘘ではなく本音だ。

念頭にあるのは、かつての私の担任。このクラスにいじめはありませんと言い切った輩《やから》。

私がいじめられている現場を何度も目撃しているくせに。

しかも、そういった場面でやつが注意するのは、いじめる側ではなく私なのだ。静かにしましょうとか、もっとクラスのみんなに馴染《なじ》めるようにとか。

そういう輩《やから》は大嫌いだ。

だから今回も、領主の手配で助かったという形にはしたくない。万が一にも、領主の手柄《てがら》なんてものにはしたくない。

そのため、あえて領主からの依頼を受けなかった。

受けた方が、運搬料金の分だけ儲《もう》かるとわかっていても。

「でも、私たちが魔狼を退治して食料を届けたら、村が助かって結局は領主の得になるわけじゃない？」

「領主によって助けられたわけではない。領主は助けなかった。その事実は残る」

「つまり、領主の実績にしたくないってこと？」

「記録的なものでも、心情的なものでも」

うまく伝わらないようだ。私のコミュニケーション能力のなさゆえに。

いや、コミュニケーション能力ではなく言語化能力だろうか。いずれにせよ、もどかしい。

「とりあえず、フミノとしては確固たる理由がある。それは確かなのね」

私は頷《うなず》く。それは確かだから。

いや、確固たる理由なのかな。そう言われると、ちょっと自信ないかも。

「なら、大丈夫かな。なんとなくだけれど、わかったから」

何がわかったのだろう。私には全くわからない。

しかし、リディナはそれで納得したようだ。

「それじゃ、そろそろ夕食にしていいかな」

「わかった」

この話はそれで終わって、そのあとは出なかった。

夕食は、アクアパッツァと舌平目《したびらめ》のフライだった。もちろん凄《すご》く美味《おい》しい。

私が作った怪しい寿司とか海鮮丼でなくて正解だ。自分でそう思ってしまうくらいに。


夕食を食べてお風呂に入って、ついでに周辺で狩りをして、なんて感じで、いつも通りすごしたあと——

二日目も、結構魔物が多かった。私たちは儲《もう》かるからいいけれど、一般の人だとこれは通りにくいだろう。


とりあえずはまず、リディナに報告する。

「二百腕《四百メートル》先左側の雑木林内に、ゴブリン三匹。大声を出せば出てくると思う」

「わかった。それじゃ、そのゴブリンを倒すところまでやるね」

ゴブリンなら、リディナに任せた方が手っ取り早い。私が土を出して熱を加えてと手順が必要なところを、風の刃一発で片づけることができる。

近くまで来れば、リディナの監視魔法でも敵を確認可能だ。だから、私はある程度近づいた時点で教えるだけで済む。

「今からゴブリンを呼ぶね。おーおーおーおーおー！」

リディナは大声をあげる。ゴブリンの動きが変わった。

「こっちに向かいはじめた。左斜め前方向」

「わかったわ。この地に潜む風の精よ……」

リディナは、余裕があるときは予備呪文を唱える。

私もいざというときいつでも土砂を出せるよう、アイテムボックスとこの先の道路を意識しておく。

ゴブリン二匹が路上に出てきた。三十腕《六十メートル》程度先だ。こちらを見て走り出す。

「切り裂け！　風の刃」

ゴブリン二匹とも、あっさり胸部の上と下が分離した。走ってきた勢いで上半身だけこっちに飛んだが、それもこちらの十腕《二十メートル》手前で停止する。

「それじゃ、魔石回収はお願いね。火炎っと」

あっさりゴブリンが灰になる。残ったのは魔石だけだ。

魔石を収納して思う。本当にリディナ、魔物退治に慣れたなと。最初はゴブリンを見て硬直するくらいだったのに。

私もこれくらい他人に対して順応できればと思う。

「ところで、魔狼はいそう？」

「雰囲気《ふんいき》的には。ただ、まだ姿は見えていない」

そう。アレティウムのあの拠点近くと似た感じで、魔狼が好みそうだ。普通の獣や魔獣の反応がそこここにあって、適度に森も深くて。

「まあフィリロータまであと二十離《四十キロメートル》ないし、午前中には出てくるでしょ。出てこなかったら、フィリロータの村を中心に探せば、それでいいし」

私は歩きながら頷《うなず》いた。


そんな感じで歩いていって、あと五離《十キロメートル》も歩けば村という場所で、私の偵察魔法はとうとうそれを捉えた。

「いた。魔狼」

「えっ、どこ？」

リディナがびくっとして振り返る。

「北西約一離《二キロメートル》の森の中」

「そんな遠くもわかるんだ」

「ぎりぎり」

私の偵察魔法は現在、半径五百腕《千メートル》程度まで視点を動かせる。そして今日は晴れていて雲がない。

この状態で上空百腕《二百メートル》程度まで視点を上げれば、かなり遠くまで見ることが可能だ。

しかも偵察魔法でなら、障害物をある程度無視して、生命力や魔力を見ることもできる。そうやって一離《二キロメートル》先に、生命力や魔力を多数感知したわけだ。

視点の高度を五十腕《百メートル》程度まで下げ、北西側で移動できるぎりぎり、およそ四百八十腕《九百六十メートル》くらいの場所まで移動させる。

今の私ではこれくらいが限界。魔狼のすぐ近くまで視点を移動させるのは無理だ。

それでもここまで近づけると、少しは詳しい状況がわかるようになる。

「四十四くらい。魔狼に間違いない。幼獣もいる模様。おそらく群れの拠点」

「どうする？　倒す？」

「今は無理」

数が多すぎる。しかも森の中だ。

全部を落として出てこられない穴を作るには、膨大《ぼうだい》な土と周囲の木を全て収納しなければならない。土中生物も大量だろう。私の魔力で足りるかどうか怪しい。

かといって、全部埋《う》めるのも無理だ。一気に全部埋《う》めるほどの土を収納していない。個別に埋《う》めても、何匹かは逃してしまう。

やるなら、全部倒さなければならない。そのためには、もう少し敵を減らす必要がある。

「狩りに出るか、そうでなくとも、動き出すときを待つ」

「なら、ここかもう少し近くで待つ？」

「そうする」

観察した結果、今は動きそうな気配はない。どうやら、お休み中のようだ。

「活動するのは夜になりそう。だから、こっちも休みつつ待つ」

「それなら、今日はこの辺を中心に魔物や魔獣狩りかな。それとも、先に村に行く？」

どうしようか。ほんの少し考えて、そして――

「村に行こう」

これは、あくまで私の都合による理由だ。日没までまだまだ結構な時間がある。そこまで時間を潰《つぶ》すのは難しそうだった。それ以上の理由はない。

「だよね。村の食料の残りが心配だし」

リディナの誤解は、あえて解かないでおこう。今回フィリロータに行く真の目的である、リディナを私に繋ぎとめておくことのために。

『本当に誤解かな？　本当にその理由なのかな？』

そんな空耳で聞こえた声も無視で。


五離《十キロメートル》もない距離。

魔物を倒しつつ、のんびり歩いても十の鐘《かね》、日本風に言うと午前十時頃には、フィリロータの村門に到着だ。

「大丈夫だったのか。魔狼は出なかったのか」

いきなり門番さんに血相変えて聞かれた。

思わず二十歩ほど逃走ダッシュ。心臓がバクバクしている。

それでも、しゃがみ込まなかっただけましだ。そう自分を慰める。

「魔狼の群れは、ここから五離《十キロメートル》の場所にいます。数は四十匹程度。今は活動をしていないので、狩るのは夜になってからにします」

「女の子二人で魔狼を狩るつもりか」

「これでも、魔法使い二人編成の、討伐専門パーティですから」

リディナはさすがだ。私が逃げていてもちゃんと説明してくれる。だから、パーティとしては問題ない。きっと問題ないはず。

「ひょっとして、領主様が派遣してくれたのか」

「いえ、ここにはたまたま立ち寄っただけです。特産の絹織物が見たいと思ったので」

リディナは、ちゃんと私が思った通りに答えてくれる。

「あと、私たちは討伐専門の冒険者ですが、長期の遠征のために、大容量の自在袋も数個所持して、それなりの食料を持ち歩いています。もし魔狼が出てお困りでしたら、ある程度ならお譲りできますが、どうでしょうか」

そうそう、それが肝心だ。

もちろん私にとってではない。この村、そしてお節介《せっかい》したいだろうリディナにとって。

そこをちゃんと忘れずに言えるなんて、今の私には無理だ。

「そうか。それは助かる。なら申し訳ないが、至急村長のところへ同行してくれないか」

リディナが私の方を見る。

私は頷《うなず》いた。その方が都合がいい。村長に会うのは怖いけれど。

「わかりました」

「ところで、同行の方はさっき急に走り出したが、犯罪者ではないよな」

「彼女は優秀かつ、強力な討伐専門の魔法使いです。ただ、長いこと修行で閉じこもっていたので、対人恐怖症なんです。離れていていただければ、通行証を提示して通れますので」

なるほど。対人恐怖症と最初に明かしてしまうのもありなのか。

しかし、その辺の対人戦の方法論は、私には難しすぎる。当分はリディナ頼りだ、やっぱり。

私は、アイテムボックスから冒険者証を出して、見えるように提示する。

「ああ、確認した。それじゃ、私についてきてくれ。後ろの彼女も頼む」

私は頷《うなず》く。これくらいの距離を保てば問題ない。

今だって、あんなに驚かれなければなんとかなったのだ。多分きっと。

「それじゃベントス、私は村長の家まで行ってくる。それから、彼女のために少し扉から離れてやってくれ。男性は苦手らしいから」

おお、この門番さん、なかなか気が利く。いかつくて怖そうに見えるけれど。そう思いつつ、私はリディナたちのあと、五腕《十メートル》くらい離れてついていく。

中は、赤い焼土の平屋がぽつぽつという感じで建っている。

あとは、葉が特徴的な丈《たけ》の短い木が畑のように生えている場所が、そこここにある。天蚕《てんさん》の村だと言っていたから、この木が蚕《かいこ》に対しての桑《くわ》に相当するものなのだろうか。

衛士さんとリディナは道をまっすぐ進んでいって、奥の少し大きい家の前で立ち止まった。どうやら、そこが村長の家のようだ。

門番さんは扉をノックする。

「村長、門番担当のエイクだ。食料を分けてくれるという冒険者がやってきた」

中から、どたどたっという足音が聞こえた。扉が開く。

「本当か、エイク」

顔を出したおっさんの声。大丈夫。今は五腕《十メートル》離れている。だから、逃げなくともなんとか耐えられる。

「わかった。こんなときだ。食料を分けてくれるならありがたい。しかし魔狼は大丈夫だったのか？ひょっとして、いなくなったとか……」

「魔狼の群れはここから五離《十キロメートル》程度の場所にいます。私たちは討伐専門のパーティですから、魔法である程度の距離から確認可能です。今は活動をしていないようなので、とりあえず後回しにして村に来ました」

村長さんは、がっくりとした様子。

どうやら、私たちが来ることができたのは、魔狼がいなくなったからではないかと期待したようだ。

はっきり言って甘すぎる。歩いて確認した限り、ここは魔狼にとってちょうどいい環境なのだ。討伐しない限り居座ったままなのは、当たり前だろう。

もちろん、そんなことは一言も言わない。

「わかった。食料だけでも大変ありがたい。それで、どれくらいの量を分けてくれるんだ」

「今分けられるのはこれくらいです。フミノ、出して」

さすがリディナだ。私が何も言わなくても、手順よく話を進めてくれている。

私は言われた通り、この村用に購入した小麦粉百重《六百キログラム》、トウモロコシ粒五十重《三百キログラム》、ライ麦粉二十重《百二十キログラム》を袋ごと出した。

「こちらは、アンコンで購入したものになります。よろしければ、小麦粉は百重で正銀貨十枚、トウモロコシ粒五十重で正銀貨五枚、ライムギ粉二十重で正銀貨一枚で、それぞれどうでしょうか」

なお全部、買ったときの値段と同じ金額だ。

「いいのか。その値段では、運送料金も何も入っていないと思うだが」

「私たちは討伐専門のパーティです。運搬で儲《もう》けるつもりはありません」

うんうん、リディナ、その通りだ。

「なら、ありがたいが……とすると、これはオッジーモ子爵からの依頼なのだろう。この村に食料を運ぶという」

いや村長、それは違う。そう私が言う前に、リディナが首を横に振る。

「いいえ。子爵からの依頼は受けていません。確かにアンコンの冒険者ギルドには、オッジーモ伯爵からの依頼はありました。ですが、冒険者としてとても受けられない、割に合わない内容でした。具体的にはこんな依頼です。『運ぶ食料は依頼者、つまり領主の方で用意する。ただし必要な自在袋は冒険者の自己負担。また魔狼に対するケアもなし。報酬《ほうしゅう》は標準運搬と同じで正銀貨五枚』。この依頼で受ける冒険者はいるとお思いでしょうか？」

おっとリディナ、そこまで説明してくれるのか。

私のあんなわからない説明で、そこまで察してくれたのか。

一方で村長の顔の皺《しわ》が深くなる。リディナの言っている意味に気づいたようだ。

「他に、オッジーモ子爵からの依頼はなかったのか。同時に、他の冒険者で魔物討伐を行うといったような」

「冒険者ギルドで確認しました。そのような依頼は入っていないそうです。おわかりと思いますが、正銀貨五枚程度では、冒険者一人を一泊二日任務で拘束することができる程度。その金額で、魔狼の群れを相手にするようなリスクを背負うパーティがあるでしょうか」

「ならなぜ、あなた方はこちらにいらしたのでしょうか。今提示された食料の金額は、おそらくアンコンで購入するのとほぼ同額でしょう。その中に、あなた方の儲《もう》けは一切入っていないと思われます」

村長の言葉遣いが変わった。

この場での、自分と私たちの立場に気づいたのだろう。頭の中身は、それほど駄目《だめ》ではなさそうだ。

「今回、私たちが来た理由は、肌触りのいい織物が欲しかったから。それが全てです。私たちは魔法使い二人の討伐専門パーティですから、魔物がいるいないはあまり気にしません。いたら狩ればいい、それだけです」

「だとしたら、村から改めて魔狼の討伐依頼を出すことはできないでしょうか。あなた方に頼むとして」

　リディナが私の方を見る。

　私は首を軽く横に振った。リディナは頷《うなず》いて、そして村長の方を見る。

「私たちは冒険者なので、冒険者ギルドを通さない直接の依頼というのは受けません。それに受けたとしても、魔狼四十四の群れを討伐するにはそれなりの褒賞金《ほうしょうきん》が必要です。通常のＣ級冒険者二十名を一日拘束し、かつ危険手当を含む金額。少なくとも、小金貨十五枚以上になるでしょう」

　そして、リディナは私の方を見る。

　私は頷《うなず》いた。ここからは、私が自分の口で説明するべきだから。

　私は離れた場所に立ったまま、口を開く。

「ただしそれだけの金額をここで出されても、私たちは受けるつもりはない。これは領主たる者が出すべき性質のお金だから。しかし、私たちの本業は討伐専門の冒険者。ゆえに、そこに魔獣や魔物がいた場合は、当然討伐をすることになる」

　村長の表情が一瞬緩《ゆる》む。助かった、そう思ったのだろう。

「ただし、もし今後同じようなことがあった場合、再び私たちのような冒険者が通りかかるとは限らない。ゆえに、都合のいいことが何度も起きると期待しない方がいい。なお、私たちはこのあと、南へ向かう。ここに戻ってくる予定はない」

　さて、これからどう言おう。うまく言葉が思いつかない。

私は助けを求めて、リディナを見る。

リディナが頷《うなず》いた。そして口を開く。

「今回、ここへ立ち寄ったのは、あくまで天蚕《てんさん》の織物を見たかったからです。ここへ食料をお譲りすることや、今夜魔獣や魔物を討伐するのは、全てそのついでです。本当は討伐をせず、食料もお譲りしない方が、冒険者として正しいのでしょう。これで助かったという前例ができてしまうことになりますから。オッジーモ子爵の政策は正しかった、冒険者ギルドに出す依頼もこの程度でよかった。そういうことになりますから」

これでいい？　そんな感じで、リディナが私を見た。

その通りだ。だから、私は頷《うなず》く。

なんでリディナは、私が言いたいことを私以上にうまく言葉にしてくれるのだろう。怖さと、言葉を考える焦《あせ》りで言い忘れていた、天蚕《てんさん》の織物のことまで。

わからないけれどありがたい。さすがだと思う。

さて、リディナが話してくれたおかげで、少し頭が整理できた。

それでは次、私が説明する番だ。

「問題提起はした。あとは、部外者である私たちではなく、当事者が判断するべき。村が変わるか領主が変わるか、私は関知しない。いずれにせよ、近辺の魔物や魔獣は討伐する。討伐専門の冒険者として」

「討伐に応援を出しましょうか」

村長が縋《すが》るように言う。しかし、そんな面倒な存在はごめんだ。

「必要ない。魔法に巻き込む恐れがある」

そう言ってから、もう一つ言うべきことを思い出す。

「その代わりお願いがある。先程言ったように、私たちの当初の目的は、天蚕《てんさん》の肌触りがいい織物。なので、案内してくれるとありがたい。ただ、織物の値段は安く提示しないでほしい。それは、この村の貴重な財産。私たちはあくまで正規の値段で購入したい。この収益も、場合によってはすぐに必要になるだろうから」

よし、なんとか言えた。

本当は、これでも微妙に言い足りないことがある気はする。

それでも、七割くらいは思っていることを言えた。主に、リディナのおかげだけれど。

「本当に、それでよろしいのでしょうか」

村長の言葉に私は頷《うなず》く。

「わかりました。すぐに案内させましょう。あと、こちらの食料は全部買い取らせていただきます」

こっちを見たリディナに、私は頷《うなず》き返す。

それにしても疲れた、リディナ以外とこんなに会話をしたのは初めてだ。

リディナのおかげでなんとかなったけれど。

疲れた。もうおうちに籠《こ》もって寝たい。

しかし、天蚕《てんさん》の織物に興味があるのは本当だ。見栄えはどうでもいい。私には、手触り肌触りが重要なのだ。

「ところで、そちらの方はどうしてそう離れているのですか」

「彼女は、このパーティの主戦力で優秀な魔法使いです。しかし長い間閉じこもって魔法を研究していたので、対人恐怖症で、特に大人の男性が苦手でして」

この辺は、全てリディナに任せておけば問題ない。

「それでは、女性に案内させましょう。キルカ、展示販売室へお二人を案内してくれ」

ああ、ようやく男性がいなくなる。それだけでかなり楽になる。

私はほっと息をついた。


村から出て、またほっと一息。

もちろん、村には引き留められた。

でも、他の魔物の討伐があるからと言って出てきた。

そして、大変だったけれど収穫もあった。もちろん天蚕《てんさん》の織物だ。

「まさか、天蚕《てんさん》の織物で作ってもらうのが布団のシーツだとはね。ちょっと、私の発想の斜め上かな」

村から出たあと、リディナにそんなことを言われた。

明日の朝に取りに行くから仕立ててほしいと頼んでおいたのだ。

だが、この件に関して譲るつもりはない。

「布団の肌触りは最重要な性能」

それに、天蚕《てんさん》糸の織物は予想よりかなり安かった。

しかも私たちは、アレティウムの街を出てから図書館に寄っていない。

だから、私用のシーツ二枚、リディナ用の下着と服を前金で注文することができた。

ただし、持ち金は正銀貨二枚以下になってしまった。

しかし問題はない。既にアイテムボックスには、たんまり魔物や魔獣の在庫がある。これだけあれば、充分な褒賞金《ほうしょうきん》を手に入れられるはずだ。

その上、これから魔狼も討伐するのだし。

「でも、フミノがあんなに男の人と喋《しゃべ》れたのは驚きかな」

「リディナのおかげ」

私一人では、あれだけ喋《しゃべ》るのは無理だ。

それにしても、リディナはなんで私の言いたいことがわかるのだろう。

それだけ、私の心って読みやすいのだろうか。

なんて考えて、ふと気づいた。

シーツを注文したことでハイになって忘れていたけれど、実は私が相当疲れていたことに。

「今日は疲れた。早めに家を出して休む」

「確かに、今夜が魔狼討伐の本番だものね」

まあそうだけれど、その辺は大したことはない。

風呂に入りながらでも、討伐はできるだろう。

とはいえ、その言葉を否定するのもなんだか気が進まない。

なので、曖昧《あいまい》に頷《うなず》いておく。

「なら、夕食は美味《おい》しいものをしっかり作るから、フミノは少し休んでいて」

「ありがとう」

リディナの言う通り、ちょっと休みたい。お家を出して、部屋で一人で。

「家はどの辺に出すの？」

「魔狼を観察したり攻撃したりできる範囲に。あと二時間くらい歩いた場所」

すぐに休みたいけれど、目的地は結構遠い。

でもいいか。

今はリディナ以外の人間がいないから、そう疲れないし。

第六話　魔狼討伐とその後

魔狼から四百腕《八百メートル》くらいの場所に家を出して一休みする。

目が覚めたら、窓の外がちょうど夕方だった。

魔狼は、暗くなったら動き出すだろう。

だからそろそろ起きるとしよう。ベッドから身を起こしたところで——

「フミノ、起きた？」

リディナに気づかれたようだ。

「うん」

「ならご飯にしようか。できているから」

「ありがとう」

今日はなんだろう。期待しつつ、リビングへ向かう。

メニューは、鹿肉のトマト煮込《にこ》みとポテトサラダとスープだ。

ポテトサラダは、鹿肉塩漬けが入った豪華版。スープは、鹿肉の腱《けん》を香草などと煮込《にこ》んだあと、冷やして脂《あぶら》を取った半透明のもの。

相当手が込んでいるように見えるのは、気のせいではないと思う。

「それじゃ、夕食にしようか」

「いつもありがとう」

「ううん、料理を作るのは好きだし」

いつもの食事の会話。ただ、今日はそのあとが続く。

「それで、魔狼の方はどう？」

もちろん、魔狼の群れの観察は偵察魔法で続けている。

まだ群れそのものは拠点らしい場所から動いていない。それでも、各個体が起きて穴から出たり動きはじめたりしている。

「まだ群れは動いていない。でも、あと一時間くらいで、活動を開始しそう」

「そろそろってことね。それでも、フミノならここにいるまま討伐ができるんでしょ」

私は頷《うなず》く。

さてまずは鹿肉のトマト煮《に》込《こ》み。うん、肉がほろほろで美味《おい》しい。口の中で肉がほどけていく。

それだけ柔《やわ》らかく煮《に》込《こ》まれているのに、パサパサにもなっていない。

「美味《おい》しい」

「よかった」

そうリディナが返答したところで、偵察魔法が動きを捉えた。

魔狼ではない。魔狼はまだ拠点から動かない。これはゴブリンだ。五匹がこちらへ向かっている。

「ちょうどいいのが来た。これを使って、罠《わな》を作る」

「ちょうどいいのって何？」

「ゴブリン」

魔狼はゴブリンも捕食する。臭くて不味《まず》くて食えたものではないと大事典に書かれていたゴブリンだが、魔狼はその辺を気にしないようだ。

ゴブリンを監視しつつ、ちょうどいい場所へ来るのを待つ。

この場合のちょうどいい場所とは、魔狼の拠点に近く、木が少なめで平らな場所だ。

ゴブリンの進行コースと魔狼の位置から、最適な場所を判断する。

夕食を食べながら、ゴブリンがその場所に到達するのを待つ。

——よし、今だ。

上から一気に土を出す。埋《う》まった。ちょうど頭だけ出ている状態だ。

不測の事態に、ゴブリンはキイキイ声をあげている。ここまで声が聞こえてくるくらいだ。これなら魔狼も気づくだろう。

あとは魔狼が来たときに攻撃を仕掛けやすいよう、地形を整える。周囲の木を五本ほど収納したあと、土を出して周囲を平らにしておく。

魔狼の群れに、明らかな反応があった。ゴブリンの声が聞こえたのか、私が行った土木作業に気づいたのか。多分両方だろう。

魔狼の群れから二十四ほどが出る。白魔狼一匹を先頭に魔狼が動きはじめた。

「よし」

スープ用のスプーンを置いて、軽くガッツポーズ。

「何がよしなの」

「魔狼がこっちの仕掛けに反応した」

間違いない。魔狼の群れはほぼまっすぐゴブリンが埋《う》まっている場所に向かっている。魔狼の足なら、このくらいの距離はすぐだ。

魔狼の群れは、私が木を収納して作った広場の手前で立ち止まった。警戒しているのだろう。

さあ来い。私は万全の態勢で待ち受ける。

魔狼はゴブリンから距離をとり、左回りに広場の端《はし》を周回しはじめた。

おそらく、そうやってゴブリンの周辺をもっと調べるつもりなのだろう。なかなか用心深い。しかし、それは罠《わな》——私にとってのチャンスだ。

魔狼の群れ全体の足元の土を収納する。

魔狼が全部落ちたのを確認し、即座に収納した土で埋《う》め戻す。よし、決まった！

魔狼が土の中から這《は》い出てくる気配はない。二腕《四メートル》の深さで埋《う》めたのだ。這《は》い出てくるなんて、できるはずない。

私の魔力は、まだまだ余裕で残っている。うまく行った！

私はポテトサラダを食べたスプーンを置いて、もう一度ガッツポーズ。

「とりあえず、二十四倒した」

「倒したの!?」

「土を出して埋《う》めた。死んだら取り出して収納する」

さてそれでは、役目を終えたゴブリンを始末しよう。

上から丸太を落として圧殺。死骸《しがい》を収納後、使用した土も全部収納する。

次は魔狼だ。埋《う》まった魔狼には、まだ生命反応が感じられる。しかし、魔狼は魔物ではなく魔獣だ。魔物と違って、呼吸なしでは生存できない。だから時間の問題だ。

「ここまでやれば、あとは問題ない。いつも通り、全部処理できる」

「なら、ここの魔狼被害はこれでなくなるわけ？」

「この群れだけなら」

残りの約二十四匹も始末しよう。

方法は簡単だ。同じように全部が入る巨大な穴を開けて落とし、土をかぶせて埋《う》めるだけ。

群れとして比較的まとまっていたので、簡単だった。

「魔狼を全部倒した。厳密には埋《う》めた状態だけれど、魔獣は呼吸しないと死ぬから、時間の問題」

「もう!?」

リディナが凝《こ》った夕食を作るより簡単だ。

実際、美味《おい》しい料理を作れる方が価値があるような気がする。世間はどうであれ、私の価値観ではそうだ。


そろそろ、最初に埋《う》めた狼が死んだようだ。死骸《しがい》を回収するとしよう。


ご飯を食べて風呂に入って、いつも通りお風呂に入りながら、周囲の魔物を片づける。

全てが終わったあと、ぐっすり寝たら翌朝だ。

やっぱり豪華で美味《おい》しい朝食を食べてから、いつものように家を収納し、村へと向かう。

街道に出てしまえば、村まであと五離《十キロメートル》程度だ。

しかも峠を越えたあとだから下り坂のみ。楽勝だ。

「結局、魔狼って全部で何匹だったの？」

「四十二匹。白魔狼が三匹、灰色魔狼が三十九匹」

ただ、灰色魔狼の三割は幼獣だ。だから、少し安いかもしれない。

「あと、ゴブリンを罠《わな》に使ったって言っていたよね」

「罠《わな》に使ったのは五匹。その後、別に七匹狩った」

ゴブリンなんて、夜に探せば至るところにいる。もちろん、偵察魔法を使って探せば、だけれども。

風呂の合間、魔狼を片づけたあとに、ついでに狩っても、それくらいは余裕だ。

「どうせ、他にも狩っているよね」

「昨日分を含めると、ゴブリンだけで三十体以上。あと魔鹿五匹、魔カモシカ四匹、角兎七匹、魔熊一体、あとはぐれオーク一体」

「随分《ずいぶん》多いのね。やっぱりこの辺、魔物の討伐をほとんどやっていないのかな」

「多分」

ただし今、街道に出てくる魔物や魔獣は少ない。朝だからというのもあるし、魔狼が狩ったからというのもある。もしかすると、昨日私たちが狩った影響の方が大きいのかもしれないけれど。

時々出てくるのも、ゴブリン程度だ。リディナが見つけ次第風の刃で倒して、炎魔法で焼いてしまう。だから、私がやるのは収納するだけだ。

二時間ちょい歩いて村に到着する。

昨日もお世話になった門番さん——エイクさんだっけかな——がこちらを見た。

駆け寄ろうとして、途中で動きを止める。多分、私が対人恐怖症だということを思い出したのだろう。

昨日のことといい、気がつく人だ。顔は怖いし、身体もごっついのに。

「どうだったか。怪我《けが》はないか！　魔狼は」

「倒しました。その報告と、あとは昨日注文した天蚕《てんさん》の織物を取りに来ました」

「倒したのか！」

「ええ」

もちろん、この辺の問答はリディナ任せだ。

「わかった。それじゃ、村長に報告を頼んでいいか。依頼したわけじゃないから、義務はないんだが」

「ええ、その方が安心できるでしょうから」

昨日と同じ感じで、村長宅へ行って報告する。

「――魔狼を倒したのか！　全部！」

驚く村長に、リディナは頷《うなず》く。

「ええ。昨晩こちらから五離《十キロメートル》程度街道を行った付近で、魔狼を合計四十二匹討伐しました。実際に見ていただいた方が早いでしょう。フミノ、お願い。気温が高いから、路上を冷やしてから出して。魔狼以外の魔物や魔獣も」

了解だ。

まずは、村長宅前の焼土の道を魔法で摂氏《せっし》二度くらいに冷やす。そして、討伐した魔物や魔獣を歩きながら出していく。

「おお～！」

「こんなにか」

その頃には、村人が周囲にやってきていた。今のどよめきなどは、その辺一帯からだ。

やっぱり、魔狼のことは村全体の関心事だったのだろう。食料が足りなくなりかけたのだから当然と言えば当然か。

さて、魔物や魔獣は一応種類順に並べてある。

「おお、こんなに倒されたのですか」

「ええ。魔狼は巣を発見して、全滅させましたから。他の魔物もそこそこ倒しましたので、当分の間は問題ないと思います」

そんな話の一方で、エイクと呼ばれた門番さんが魔狼を数えている。なんというか、気が利くし、まめな人だ。見かけはごついのに。

「三十八、三十九、四十、四十一、四十二。間違いありません。白魔狼三匹に灰色魔狼三十九匹、合計四十二匹です。あとはゴブリンが三十四匹、そして……」

「フミノ、傷《いた》むと困るから、数え終えたものから仕舞って」

了解。ということで、歩いてバッグに収納するふりをしつつ、アイテムボックスへと収納していく。

「ごらんになった通りです。普通は街道沿いで、これだけ魔物が出ることはありません。領の騎士団なり、冒険者なりが討伐をしますから。それなのに、なぜこれだけ魔物や魔獣がいたのか。その理由は、みなさんおわかりのことでしょう。今回魔狼が問題になったのも、その辺に原因があるはずです。昨日村長さんにも話した通り、私たちは領主から依頼を受けたわけではありません。たまたま天蚕《てんさん》の織物を求めて来ただけです。そして領主が冒険者ギルドに出した依頼は『アンコンからフィリロータ村までの食料の運搬。運ぶ食料は依頼者、つまり領主の方で用意。必要な自在袋は冒険者の自己負担。魔狼に対するケアはなし。報酬《ほうしゅう》は標準運搬と同じで正銀貨五枚』です。また、他に討伐などの依頼が冒険者ギルドに入っていないことも確認しました。あとは、私たちのような部外者ではなく、村のみなさんで判断することでしょう。以上です」

なるほど、村長が昨日の話を隠そうとした場合に備えて、みんなに知らせたわけか。さすがリディナだと思う。容赦《ようしゃ》ないというか、周到というか。

「さてフミノ、魔物の収納は終わった？」

ちょうど終わったところだった。なので、私は頷《うなず》く。

「それでは、注文した織物を受け取って、私たちは失礼しましょう」

それがいい。私はもう一度頷《うなず》く。

ここから先は、この村の判断だ。私たちが考えるべきことではないし、知る必要もない。

お礼をしたいと村で引き留められたけれど、リディナが全部断ってくれた。

注文していた絹織物を無料にしてくれるなんて話も、無事断った。

私たちは村を離れ、再びアンコンへと向かっている。

向こうの冒険者ギルドで状況を伝えるとともに、この大量の魔物の褒賞金《ほうしょうきん》を受け取るために。

なにせもう残金がほとんどない状態だった。それに、アンコンの図書館で本も買いまくりたいし。

でも、あんな領主じゃ、アレティウムと同じで、アンコンの図書館も駄目駄目《だめだめ》かな。

「それであの村、どうなると思う？」

歩きながら、リディナがそう質問してきた。

「わからない」

そう、私にはわからない。

領主のもとを出ていければ簡単だ。

しかし、先祖代々ここに住んでいたのなら、愛着もあるだろう。移住して、ここよりいい条件になるとも限らない。

天蚕《てんさん》の織物なんて技術があったとしても、正当に認めてもらえるかはまた別の問題だ。ここを出たら、環境的にできない可能性もある。

かと言って、村から領主に意見を申し出て受け入れられるかどうかは怪しい。国に申し出ることができても、動いてもらえるかわからない。

そういう意味では、あの村が詰んでいるのは、変わらないかもしれない。ただ、それはもう私たちが考えるべき問題ではない。

「あとはリディナが言った通り。私たちのような部外者ではなく村で判断すること」

「元はフミノが言ったことだよ。『問題提起はした。あとは、部外者である私たちではなく、当事者が判断するべき。村が変わるか領主が変わるか、私は関知しない』って。フミノのそういう考え方って私は好きだな。なんか恰好《かっこう》いいよね」

そう言われても困る。私はやりたいようにやっただけだ。リディナに離れられないようにという目的で。それに……

「私一人では何もできない。リディナのおかげ」

それは間違いない。

私がやりたいことを察して、私ができない人との折衝《せっしょう》を全部やってくれる、リディナがいる。

だから、私はリディナを離せない。離したくない。

だいたい、私は料理すらできないし。

そう思って、ふと思い出した。やりたいことがあったのだ。

今のうちにリディナに聞いておこう。

「今日はやりたいことがある。だから、午後早めに家を出していい？」

「もちろん。それで、やりたいことって何かな？」

「新鮮な魚が手に入ったから、料理したい。私が昔いた場所の郷土料理」

どうせ、今日中にはアンコンまでたどり着けない。なので、早めに泊まっても予定はそう変わらない。

そして、新鮮な魚を購入済みなのだ。今日こそは、なんとしても寿司を食べよう。

酢飯は無理でも、白飯の海鮮丼くらいは作れるだろう。

「フミノが作るのって、何気《なにげ》に初めてだよね。期待していいかな」

「しないでいい」

されると困る。私の料理の腕は未知数だ。経験値がなさすぎて。

「でも楽しみ」

そんなことを話しながら、二人で歩いていく。

おまけ一　一年後・元門番担当エイクの述懐《じゅっかい》

この村の風景は、少し変わった。

すぐにわかるのは、人が多くなったことだ。

冒険者ギルドや商業ギルドの出張所が、再び設置されたおかげだった。

あとは、アンコンから村への街道が整備されたというのも、あるかもしれない。

村の周囲の魔物は、明らかに減った。領騎士団による一斉討伐の他、冒険者がある程度立ち寄るようになったためだ。

村特産の絹織物も、前より売れ行きがよくなった。村を訪れる商人が多くなったので、その分高く売れるようにもなった。

なので、今年は多くの家で天蚕《てんさん》を増産するそうだ。俺の家もそう。警備担当の真似《まね》事《ごと》をしなくてよくなったため、本業に精が出る。

この状況に不満を持っている村人も、何人かはいる。街が煩《うるさ》くなった、人が増えて落ち着けなくなったなどなどの理由で。だから昔の方がいいと。

しかし、大部分の住民は今のこの状況を歓迎している。

なにせ、一年前には若者がほとんどいなかった。二十代で残っているのは俺一人だったのだ。

他は、アンコンやペルジーナ、フロレントなどに出ていってしまったから。

この村は、もう先がない。住んでいけなくなる前に出ていって、生活基盤を作った方がいいと言って。

単なる養蚕《ようさん》農家だった俺が、門番兼常駐警備担当をやる羽目になったのは、それが理由だった。

その担当も、四月半《なか》ばに無事解除されたけれど。


ここまで村が変わった理由は簡単で、領主が変わったからだ。

今年四月一日付で、オッジーモ子爵家は転封《てんぷう》となった。新たにアグノート伯爵が領主になったのだ。

オッジーモ子爵がどこへ行ったかは知らない。まあ、栄転ということはないだろう。

この領主交代は、おそらくうちの村長が動いた結果だ。

昨年の秋頃から何度もこの村を離れ、同じオッジーモ子爵領内にあるプラデローナやアビニャーノの村長のところで話し合いをした。

話し合いの内容は、オッジーモ子爵の内政政策による被害と今後の見通しについて。

さらに、アンコンの冒険者ギルドでいくつかの件を確認後、それらをまとめ、各村長が署名した。

そうして作成した書類を手に、アンコンではなく、ペルジーナの街にある国王庁支所へ訴えたのだ。市長や村長や区長が行える手続きである、領政不服申告制度を使って。

このことを俺が知っているのは、村長が出かけるたびに警備担当として同行したからだ。

魔狼がいなくなったとはいえ、村壁や街壁の外なら、ゴブリンくらいは普通に出る。そして、昨年秋の時点で、ゴブリン相手に戦えそうな年頃の男は五人しかいない。

その中で家を空《あ》けても問題ないのは、最年少の俺くらいだった。警備の冒険者など雇えるような金がない以上、俺が同行するのは必然だろう。

そんな道中、村長はよくこぼしていた。村長としての余所行《よそい》きではなく、親しい者の間でしか出さない口調で、こんな感じに。

『オッジーモ子爵も先代はよくしてくれたからのう。事を大事にしたくはなかったが。でも、あのお嬢ちゃんたちの言うとおりだからのう。次があった際、今のままでは村がどうなるか。そう思うと、動くのが遅すぎたかもしれないのう』

あのお嬢ちゃんたちというのは、昨年八月半《なか》ばに村を訪れた二人組の冒険者のことだ。

きっかけは、外部からフィリロータに通じる唯一の道、アンコンからの街道に昨年七月、魔狼の群れが出たこと。

出たというのは、不正確かもしれない。以前から魔狼の群れはいたのだろうから。

群れ自体が小さかったから、被害がなかった。だから、対処しなかっただけで。

しかし七月半《なか》ば、その街道で行商人が魔狼の群れに襲われた。唯一この村に定期的に来てくれていた行商人が、だ。

幸いその行商人は、護衛として優秀な魔法使いをつけていた。おかげで、なんとか逃げられた。

しかしそれで、最低でも二十頭以上、おそらくは四十頭近い魔狼の群れが、アンコンからフィリロータの村の間にいることが判明してしまったのだ。

フィリロータ村がもう少し交易の価値がある村なら、話は別だっただろう。魔狼の群れに対抗できるような大部隊の護衛を雇ってでも、商売に行く価値があるのなら。

でも、うちの村は天蚕《てんさん》の他には、自分たちが食べる分の野菜を作っている程度。人口も百人程度だから、大した儲《もう》けが出るわけではない。

そのため、行商人が来なくなってしまったのだ。

時期も悪かった。麦の収穫期のあとで、新しい麦粒や小麦粉が出回るちょうど寸前だった。

出回る寸前とは、つまり麦粒や小麦粉が市場に少なくて高価な時期だ。

村は決して豊かではない。だから、高い時期に高いものを買う人は、ほとんどいない。

ゆえに村全体で見ても、小麦はほとんど残っていなかった。九月に入って安くなってから購入すればいい、そう判断していた家ばかりだったのだ。

行商人が来なくなって一月、あっという間に穀類《こくるい》がなくなった。小麦粉やライ麦粉、大麦粒、さらには、トウモロコシ粉や干芋《ほしいも》まで。

当時、村長は言っていた。街道に魔狼の群れが出たなら、領主の耳にも入っているはずだ。なら、じきに騎士団や冒険者を使って討伐が行われるだろう、と。

しかし、俺たちは薄々思っていた。これは、本格的にまずいかもしれない、と。

本当は、村長もそう思っていただろうと思う。

当代オッジーモ子爵が子爵位を継いで十年ちょっと。
就任当初は問題も特に起こさず、他とそう変わらない無難な領運営をしていた。
しかし、父である前オッジーモ子爵が死去した五年前から、一気に政策を変えたのだ。
具体的には――

○領騎士団は最低限の人数まで削減する。
○領職員の数も可能な限り削減する。
○道路整備や魔物討伐などの費用も必要最小限にとどめ、無駄を省く。
○その他、無駄が出ないよう、領における支出の規定を領規則で厳密に定める。

その結果――

○領騎士団は、領主館の警備と領主館があるアンコンの街の警備、王都ラツィオにあるオッジーモ子爵邸の警備に必要な人数だけになった。
○ゆえにフィロリータからは警備担当がいなくなり、費用も出なくなった。仕方ないので村民で当番を作って、村壁の警備をすることになった。ただ、村から一気に若者が去ったので、事実上は俺を含む五人で担当。俺以外の四人は稼業があるので交代制で、俺一人が昼間の常駐扱い。
○村にあった領役所出張所が廃止された。なので、何か手続きがある場合は村長が代行して行い、その後、アンコンの領役所まで書類を届けることになった。

○　道路や橋、共同井戸などを修理したくても、予算が下りなくなった。

○　各ギルドに対する援助も減らしたため、フィリロータの村を含め領内四ヶ所にあった冒険者ギルド出張所や商業ギルド出張所が、アンコンの街にある一ヶ所だけになった。

ある程度大きな商売をするには、預貯金や手形発行などを行う商業ギルドが不可欠だ。ないと、店をかまえての商売が難しくなる。

冒険者ギルドがなければ、依頼を受けたり褒賞金《ほうしょうきん》を受け取ったりするために他の街へ行かなければならなくなるから、冒険者が居着かなくなる。

通行人が減った結果、街道が荒れはじめた。それでも整備予算が下りないから、荒れる一方だった。

そして領騎士団が最小限の警備しかせず冒険者が少なければ、魔物が増えるわけだ。

こうなると、行商人が来なくなる。

そもそもフィリロータの村は、畑にできる平らな土地が少なすぎて、麦やトウモロコシなどの穀物を自給できない。だから天蚕《てんさん》の織物を売った金で、行商人から食料を購入していたのだが、この行商人が魔狼の出現で来なくなったのだ。

魔狼の群れが出たのも、元はといえばこのオッジーモ子爵の政策が原因だった。

しかし魔狼が出たところで、領騎士団には討伐に出せる人員はいない。

なら、冒険者を雇うしかない。だが、こんな政策を行《おこな》ったオッジーモ子爵が、正当な費用を出して冒険者ギルドに魔狼討伐を依頼するだろうか。

魔狼が出たという連絡を最後に、村に外からの情報が入らなくなった。だから、領主がどんな対策をとったかすらわからない。

もし、村の中に冒険者ギルドや商業ギルドが残っていたのなら、それらギルドの魔術器具を通じて外部に連絡をすることが可能だったろう。

かと言って、アンコンに情報収集に行くのも、素人には危険だ。

いや、実際は村そのものだって危険かもしれない。

一応村壁や村門があるから、魔狼をはじめとする魔獣や魔物は入ってこない。しかしその警備をしているのは俺たちなのだ。

俺は村の大人の中では若いし動ける方だ。だが冒険者ではないし、しっかりした戦闘訓練を受けたこともない。所詮《しょせん》はただの養蚕《ようさん》農家の息子だ。

倒した経験がある魔物なんて、せいぜいゴブリン程度だった。魔狼なんて、一匹でも勝てるとは思えない。

食料は段々乏《とぼ》しくなっていく。村の雰囲気《ふんいき》は緊迫し、一触即発という感じになっていった。

そんな折に訪れたのが、村長の言うところのお嬢ちゃんたちだった。

二人組の冒険者で、両方とも十代半《なか》ば程度の女の子だ。装備こそそれなりだけれど、そこまで強そうな感じはしない。

一人に至っては、人見知りで男性に近づけないなんて言っていた。事実、その一人は深くフードをかぶった上、俺や村長からも三腕《六メートル》以上必ず距離をとっていた。

しかし彼女たちは冒険者として凄腕《すごうで》だった。たった一晩で魔狼の群れとその他多数の魔物を狩ってきたのだ。

あのとき見た光景は、今でも忘れられない。人見知りと言っていた、フードを深くかぶった小柄《こがら》な女の子が、強力な魔法を路上にかけて冷やしたあと、倒した魔物を並べていた様子を。

フードを深くかぶっていたので、表情は見えなかったけれど、百匹近い魔物を淡々と、ごく当たり前という感じで。

彼女たちは、討伐した魔物を俺たちに見せると、村からの歓待の申し出を一切断って、すぐに村をあとにした。

残したのは、村で足りなくなっていた食料と、天蚕《てんさん》織物を購入した代金――そして言葉だけ。

『あとは、私たちのような部外者ではなく、村のみなさんで判断することでしょう』

残り少ない村人と村長が動いて、結果国も動き、今の状態になったわけだ。

だからあのとき村が救われたのも、村が今のように変われたのも、間違いなくあのとき来てくれた、あの二人の冒険者がきっかけだった。

俺は、雨季が終わって晴れた夏空を見上げる。

あの冒険者二人は今頃どこにいるのだろう。パーティ名は聞かなかった。

でも、何をしているのかはなんとなく想像はつく。

きっとどこかで、また困っている誰かに、手を差し伸べているのだろう。

ごく当たり前という感じで、淡々と。

おまけ二　一年と少し後・ある街の図書館で

私――フミノはリディナと二人で、図書館に立ち寄った。

久しぶりだったので、いつもは見ない政府の公刊物あたりも含め、じっくり見ていく。

おっと『スティヴァレ国貴族便覧』の今年度版が出ていたようだ。

調べたいことを思いついた。なので、早速本棚から引っ張り出して、閲覧席で開く。

調べたいのは、私たちが最初にいた街、アレティウムの領主だったロレンツォ伯爵がどうなったか。

アレティウムが、既にロレンツォ伯爵領でなくなったことは知っている。前に公報を見た際、伯爵一覧部分に名前が載っていなかったから。

しかし、そのロレンツォ伯爵がどうなったのかは不明だった。それを調べようと思ったのだ。

ロレンツォという名前を索引で調べる。一件発見。ページをめくって、該当箇所へ。

男爵一覧とその説明のところに、家名があった。前ロレンツォ伯爵領（現エトルリア伯爵領）領主と書いてある。間違いない。

現在は男爵で、王都ラツィオの外れにある第十八区の区長となっているようだ。

これって、貴族的にはどんな扱いなのだろう。伯爵から男爵だから、子爵を間に置いて二段階格下げというのはわかる。ただ、それ以上の意味は、私にはわかりにくい。

ちょうど、リディナが近くに来たので聞いてみる。

「これ。アレティウムの領主だったロレンツォ家がこうなったのって、どう見ればいい？」

リディナはささっと記事を読んで、頷《うなず》いた。

「まずは、貴族と領主についての一般知識から説明するね。領主は伯爵領以上、子爵領、男爵領、それ以下にわけるのが一般的なの。基準は、伯爵以上が人口八千人以上の領地の領主。子爵が人口三千人以上の領地。男爵がそれ以下の独立した領地か、王都特別市内にある行政区長。それ以下、例えば騎士侯は、王都以外の特別市の行政区長か伯爵領以上の領地の市長とかね。例外はいくつかあるけれど、この前の改革でだいぶ減ったかな」

なるほど。江戸時代の大名《だいみょう》と旗本《はたもと》の区別は石高《こくだか》だったけれど、スティヴァレの場合は、人口が基準となっているわけか。

もちろん人口の確認方法だの国への報告だので、そうきっちりと線引きはできないのだろうけれど。日本でも、石高《こくだか》は公称と実際でかなり違ったらしいし。

それとも、スティヴァレには魔法などで、間違いない把握《はあく》方法があるのだろうか。あとで百科事典で調べておこう。

「そして、貴族でも子爵以上は世襲だけれど、男爵以下は一代貴族扱い。つまり、子孫は貴族位を継げない。まあ、この辺はフミノも知っていると思うけれどね。だから、子爵以上が男爵以下に降爵、あるいは奪爵《だっしゃく》を受けたというのは、その家の貴族としての存続を認めないと、国に判断されてしまったことになるわけ。これは、貴族としては致命傷だよ」

うん、確かにそうだ。もうお前の家は貴族たる資格がない、と言うようなものだから。

そう思ったので、私は頷《うなず》く。

「それでね、男爵家でも独立した領地の領主と特別市の行政区長では少し違ってね。家格として高いのは王都の区長の方なの。国王陛下がいる王都の一角を預かるわけだから。ただし、能力が必要なのは領主の方。領主権限でかなりの部分を決めて実行することができる。良くも悪くも自分の意思で領地を変えられるわけ。一方で、行政区長は権限をほとんど持っていない。特別市長やその上からの命令に従って、仕事をするだけ」

家格と能力が一致しないわけか。名誉か実益かという感じだろうか。

面倒だなとは思うけれど、理解はできるので頷《うなず》く。

「つまり、ロレンツォ家は貴族としての存続を認められなくなった上、能力も期待されていない地位に移されたってこと。それに、行政区長は業務能力がないと見做《みな》されると、一年程度で失職するなんてこともあるからね。下手したら、来年の貴族便覧には載っていないかもしれないよ」

なるほど、そこまでの処分を食らったということか。

ただ、本当に駄目《だめ》駄目《だめ》だったし、仕方ない、いや当然の措置《そち》なのだろう。

「わかった。ありがとう。すっきりした」

このすっきりとは、知りたいことがわかったからという意味でのすっきりと、ロレンツォ家の処遇についてのすっきり、両方の意味だ。

「あと、オッジーモ子爵も男爵落ちしているみたいね。ここに書いてある」

リディナは、同じページの別の部分を指で指《さ》した。

確かに、オッジーモ男爵という名前がある。けれど……

「誰だっけ？」

私は思い出せない。なので、リディナに聞いてみる。

「アンコンやフィリロータの領主だった家だよ。魔狼が出て孤立して、食料を持っていった」

フィリロータと言えば……ああ、思い出した。

「あの寝心地のいいシーツを作ってもらった村」

リディナは苦笑する。

「フミノ的にはそういう記憶なのね。らしいけれど。オッジーモ子爵って、ケチケチ政策をした挙句《あげく》、魔狼が出て孤立した村に対して、冒険者ギルドに誤魔化《ごまか》しのような依頼だけ出して放置して、食料危機に追いやったあの領主よ。この記載によると、アンコンを領都とするあのあたりは、アグノート伯爵家領になったみたい。そして、オッジーモ子爵は男爵に降爵して王都十六区の区長。つまりロレンツォ男爵と同じ扱いね。そうなった理由も、きっと同じだと思うよ」

なるほど。と、いうことは……

「あのあと、あの村が動いたのかな。このままではまずいと」

「かもね。村長や区長なら、国の出先機関に訴え出ることができる制度があったと思う。だから、その辺を使ったのかな。詳細は、全国領地概要に書いてあるかもしれない。そろそろ、今年度版が出ていると思うよ。載っているかは、見てみないとわからないけれど」

「見てみる」

そう言って貴族便覧を閉じた途端、フィリロータの村での出来事を思い出した。

アンコンの冒険者ギルドで領主のとんでもない依頼を知ったこと。あえて依頼を蹴って自分たちで食料調達をして運んだこと。

あの頃の私はまだ、言い訳しないとああいう行動ができなかったんだよな、とも思い出した。リディナを逃がさないためとか、肌触りのいい布が欲しいからとか、そんな言い訳をしないと。

そして村に行って食料を渡して、村長に問題提起したこと。その晩に夕食を食べたり風呂に入ったりしながら、魔狼を倒したこと。

翌日村に報告に行ったあと、村人の前で討伐した魔物を見せて、そしてもう一度問題を確認したこと。それからさっさと村を出て、午後三時頃にはお家を出して料理をしたこと。

あのとき私が作った海鮮丼は微妙な出来だったな、なんてことも思い出す。刺身はまあまあできたのだ。アイテムボックスで動物をさばく方法を覚えていたので、その応用で魚もおろせたから。

ただ米炊きが失敗だった。べっちゃり柔《やわ》らかいのに、焦《こ》げも芯《しん》もある駄目駄目《だめだめ》なものだった。なのでリディナにやり直してもらった。

あと、酢飯もう少し酢を効かせて、水飴《みずあめ》の甘さを抑えめにするのが正解だった。おかげで甘くてぼけた味になってしまった。

それでも、リディナは美味《おい》しいと言って食べてくれた。

それと、あの日初めて使用した天蚕《てんさん》のシーツの肌触りがとってもよかった。あれはいいものだ。

そして、その翌日アンコンの冒険者ギルドで大量の魔物の死骸《しがい》を換金して驚かれたことと、それで魔狼の群れを退治したことに気づかれて、もっと驚かれたことも思い出す。

ああ、あの依頼を出した駄目《だめ》領主だったのか。なら、降爵なんて目に遭《あ》っても当然だろう。

これもまた、ちょっとすっきりした。

ついでに考える。あの村の領主が代わって前の領主が降爵したのは、私たちの問題提起が通じたからなのだろうか。

それで、村の人が動いたのだろうか。危機意識を持って、動かないと大変なことになると感じて。

リディナが言ったように、村長が国の出先機関に訴え出たりするような方法で。

それとも、国が自ら情報を集めた結果、降爵に値《あたい》すると判断したのだろうか。

国が動いたとすれば、それはそれで悪いことではない。なんやかんやで国も地方をしっかり見ているということだから。もう少し早く動くべきだっただろうとは思うけれど。

しかし、もし村の人が動いた結果なら、あのとき私たちが言おうとしたことが、きっと通じたのだろう。

そうだったら、やっぱり嬉しい。国がどうこうというのは別として。

この嬉しいのが錯覚《さっかく》なのか事実なのか、領地概要で確かめてみよう。書いてあるかどうかまではわからないけれど。

私は立ち上がって本を持ち、国発行の本を収めている本棚へと向かった――

TVアニメ

2024年4月13日より放送開始!

(TOKYO MX・MBS・BS11ほか)

コミックス 1～14巻 好評発売中!

デスゲームと化したVRMMO-RPG「THE NEW GATE」は、最強プレイヤー・シンの活躍により解放のときを迎えようとしていた。しかし、最後のモンスターを討った直後、シンは現実と化した500年後のゲーム世界へ飛ばされてしまう。デスゲームから“リアル異世界”へ——伝説の剣士となった青年が、再び戦場に舞い降りる!

各定価:1320円(10%税込)

1～22巻好評発売中!

illustration：魔界の住民(1～9巻)
KeG(10～11巻)
晩杯あきら(12巻～)

漫画：三輪ヨシユキ
各定価：748円(10%税込)

アルファポリスHPにて大好評連載中!

アルファポリス 漫画　検索

月が導く異世界道中
Tsukiga Michibiku Isekai Dochu
あずみ圭
Azumi Kei
1~19
8.5
シリーズ累計360万部の超人気作!(電子含む)
TVアニメ第2期
2024年1月8日から 2クール 放送開始!
TOKYO MX・MBS・BS日テレほか
月が導く異世界道中
あずみ圭
成り上がりファンタジー、開幕!
なんでだろう 親の都合で異世界へ
読者賞受賞作!
待望の書籍化!
異世界へと召喚された平凡な高校生、深澄真。彼は女神に「顔が不細工」と罵られ、問答無用で最果ての荒野に飛ばされてしまう。人の温もりを求めて彷徨う真だが、仲間になった美女達は、元竜と元蜘蛛!? とことん不運、されどチートな真の異世界珍道中が始まった!
2期までに
原作シリーズもチェック!
●各定価:1320円(10%税込)
●illustration:マツモトミツアキ
1~19巻好評発売中!!
月が導く異世界道中
1
あずみ圭
木野コトラ
シリーズ累計29万部
とことん不運、されどチート!!
漫画:木野コトラ
●各定価:748円(10%税込) ●B6判
コミックス1~13巻好評発売中!!

隣国の侵攻で父が戦死し、辺境の子爵家を継ぐことになったアクス・フレンハイム。急なことに慌てふためきつつも、機転を利かせて敵軍の撃退に成功する。しかしホッとしたのもつかの間、領地の復興という難題に直面することに。ところが実はアクスには、前世の地球の記憶があった！ その知識を頼りに、新しい紙を開発して王家に売りつけたり、仲間の力を借りて、魔獣由来の素材や新しい魔道具を生み出したり……異世界には存在しないアイデアを次々実現させ、子爵領はどんどん発展していく。新米子爵の発明が、異世界を変えていく!?

●定価：1320円（10%税込）　●ISBN：978-4-434-33768-0　●illustration：すみしま

異世界ソロ暮らし
田舎の家ごと山奥に転生したので、自由気ままなスローライフ始めました。
NAGAO TAKAO
著 長尾隆生
理想の田舎（異世界）で、
超マイペースな
山ごもり生活!
異世界移住+もふかわ魔物
=最高にほのぼのワクワク!?
女神様の手違いで異世界転生することになった、拓海《たくみ》。女神様に望みを聞かれ、拓海が『田舎の家で暮らすこと』と伝えると、異世界の山奥に実家の一軒家ごと移住させてもらえることに。転生先にあるのは女神様にもらった、家と《緑の手》という栽培系のスキルのみ。拓海は突如始まったサバイバル生活に戸惑いつつも、山暮らしを楽しむことを決意。薪風呂を沸かしたり、家庭菜園を作ってみたり、もふもふウリ坊を保護したり……山奥での一人暮らしは、大変だけど自由で最高——!?
アルファポリス

この作品に対する皆様のご意見・ご感想をお待ちしております。

おハガキ・お手紙は以下の宛先にお送りください。

【宛先】

〒 150-6019 東京都渋谷区恵比寿 4-20-3 恵比寿ｶﾞｰﾃﾞﾝﾌﾟﾚｲｽﾀﾜｰ 19F
（株）アルファポリス　書籍感想係

メールフォームでのご意見・ご感想は右のＱＲコードから、
あるいは以下のワードで検索をかけてください。

アルファポリス　書籍の感想　検索

ご感想はこちらから

本書は Web サイト「アルファポリス」（https://www.alphapolis.co.jp/）に投稿されたものを、改題、改稿のうえ、書籍化したものです。

ひっそり静《しず》かに生《い》きていきたい
神様《かみさま》に同情《どうじょう》されて異世界《いせかい》へ。頼《たの》みの綱《つな》はアイテムボックス

於田縫紀《おたぬき》

2024年 4月 30日初版発行

編集－加藤純・宮坂剛
編集長－太田鉄平
発行者－梶本雄介
発行所－株式会社アルファポリス
〒150-6019 東京都渋谷区恵比寿4-20-3 恵比寿ｶﾞｰﾃﾞﾝﾌﾟﾚｲｽﾀﾜｰ19F
TEL 03-6277-1601（営業） 03-6277-1602（編集）
URL https://www.alphapolis.co.jp/
発売元－株式会社星雲社（共同出版社・流通責任出版社）
〒112-0005 東京都文京区水道1-3-30
TEL 03-3868-3275
装丁・本文イラスト－さす
装丁デザイン－AFTERGLOW
印刷－中央精版印刷株式会社

価格はカバーに表示されてあります。

落丁乱丁の場合はアルファポリスまでご連絡ください。

送料は小社負担でお取り替えします。


ISBN978-4-434-33766-6 C0093